アヤネ
魔術結社《宵闇の骸《カオスレイド》》
所属の黒眼の魔術師。
ナ
で出会った
会会長の娘。
の勇者】。
JN030625
カイン
死者の躍る街・アローザにて
アベルと相対した。
後の【灰の勇者】。

「な、なんやこれは――!?」

さながらそれは、魚の雨、といったところだろうか。
後は値打ちの付く魚だけを選んで、
他の魚を海に返してやれば、効率良く魚を
獲ることができるだろう。
「凄い……！
アベル君、めっちゃ、凄い……！
今の魔術って、どうやってやるん⁉」

不思議な感覚だった。

体の芯が熱い。

その時、今までに経験したことのない
奇妙な感覚が俺の眼に宿り出した。

「できなければお前を殺す。必ずな」

CONTENTS

The reincarnation
magician of
the inferior eyes.

ダッシュエックス文庫

劣等眼の転生魔術師4.5

~虐げられた元勇者は未来の世界を余裕で生き抜く~

柑橘ゆすら

第一章

EPISODE 001

とある魔術師の追憶（火の勇者編）

The reincarnation magician of the inferior eyes.

「お前なんか、いらないよ。この化物め！」

まるで野良猫でも捨てるみたいに家の外に投げ捨てられた。
浅い雪の上に投げ出され、俺の体は土塗《つちまみ》れになった。

「お母さん、どうして」
「お母さんなんて呼ばないでおくれ、お前はウチの子じゃない！　お前は死んじまったワタシの姉の息子さ！」

その言葉が、俺の中で何十回も反響した。
五歳の俺には、その言葉の理解が追いつかなかった。

ただ地面に伏し、今まで母と慕《した》っていた人間を呆然《ぼうぜん》と見つめた。

「なんだい、その反抗的な目は！　ワタシに何か文句があるっていうのかい！」

金切り声《かなきりごえ》をあげ、その人間は手近にあった何かを投げつけてきた。

花瓶《かびん》だ。

当たれば怪我《けが》をすることは不可避だろう。

しかし、俺は避けることはしない。

己の意志で、空気を操った。そして、花瓶を空中で停止させる。

俺が何か言おうとした時、その女は悲鳴のように叫んだ。

「忌々《いまいま》しい、化物め！　詠唱《えいしょう》も媒体《ばいたい》もなしに、魔術を発動するなんて……！　まるで魔族じゃないか！」

今でこそ、田舎者《いなかもの》の馬鹿らしい見解だと言える。

ある一定のレベルの魔力を有している生命体なら、自分自身を媒体として魔術を構築することができるというのに。

だが、ここは人間の集落の中でも、本当に小さな集落だった。

外界からの情報は少なく、人間性は閉鎖的。

自分たちとは明らかに異なった力を持った人間を、別の生き物と思い込んでしまうのも、今なら理解できる。

「ま、ぞく」

小さな俺が、震える声で言葉を紡《つむ》いでいく。

「そうさ！　お前なんか、魔族の領地にでもどこへでも行っちまいな。二度と戻ってくるんじゃないよ！」

叫ばれて、扉が勢いよく閉められた。

鍵《かぎ》が掛かった音、降り積もっていく雪。

小さな俺が、ゆっくりと立ち上がった。

どこを目指していた訳でもない。

ただ、ふらふらと夜の道を歩いていった。

凍《い》てつくような寒さの中、何日も何日も、俺は歩いた。

途中で食べ物を盗んで殺されかかったり、排水溝の中で眠ったりした。

死ぬ前に、猫や犬は姿を隠すと聞いたことがある。

その時の小さな俺もそうだったのだろう。

骨と皮だけしかないくらいに痩《や》せた俺は、知らない煉瓦《れんが》造りの街の裏路地に逃げ込むように入った。

壁に背中を預け、雪の降る空をずっと見続けた。

そして、瞼《まぶた》を閉じた。


「坊主《ぼうず》、こんなところで死ぬのか」

嗄《しわが》れた声がした。

重くなった瞼を開けた時、そこには男がいた。

白髪交じりのその男は、薄く笑っていた。

小さな俺は、声を絞《しぼ》り出そうとした。
しかし、声が出ることはない。喉《のど》も嗄《か》れて血の味しかしなかった。
それなのに、男は笑顔を作り、俺に向かって手を差し伸べてみせた。

「坊主、名前は？」

意地の悪い男だと思った。
こちらの声が嗄れていて出ないと気付いているのに尋ねてきたのだ。
幼い俺の手が、震えながら、男の手を取った。

「ア……。アベル……」

男は今にも倒れそうな俺に向かって手を差し伸べる。

「そうか。アベル。お前は、今日から、オレの息子だ」

閉ざされていた俺の世界に、光が差し込んだ瞬間であった。

〜〜〜〜〜〜〜〜〜〜〜〜〜〜〜〜

季節は移り変わり、俺が『その人』と出会ってから、二年を越える月日が経過しようとしていた。

当時のことは今でも、昨日のことのように思い出すことができる。

俺は死にかけていたところを偶然通りかかった男、ガリウスに拾われたのだ。

ガリウスは王都から外れた郊外で孤児院を運営する初老の男であった。

当時の俺は、事の成り行きによってガリウスの孤児院で、暮らすことになっていた。

「……アベル。何処《どこ》にもいないと思ったら、やはりここにいたのか」

俺にとって、ガリウスは、命の恩人であり、魔術を教えてくれる先生であり、父親のような存在であった。

これは他人から伝え聞いた話ではあるが──。

孤児院を運営する先生は、かつて、王都で名を馳《は》せた凄腕《すごうで》の魔術師だったらしい。

元々、琥珀眼《こはくがん》に対しても理解が深かった先生は、他に身寄りのなかった俺を引き取り、様々なことを教えてくれた。

「ええ。誰かと話すのは気が滅入《めい》りますから。こうして一人で本を読んでいる方が楽なんです」

階段の裏の小さなスペースは、俺にとっての数少ない心安らげる場所である。

この場所で先生の貸してくれる本を読むことが、密かな楽しみになっていた。

「……まったく、お前というやつは誰に似たのやら。子供の時からこれでは先が思いやれるよ」

嘘だ。先生も知らないはずはないだろう。

魔族との争いが激しくなるにつれて、俺のような琥珀眼の人間に対する風当たりは、日を追うごとに強まっている。

事実、この孤児院の中でも俺は他の子供たちと比べて孤立した存在であり、友と呼べる人間は一人もいなかった。

「聞いたぞ。アベル。お前、魔術を使って、他の子たちを驚かしたそうじゃないか」

「いや、それは向こうから……」

「この若さで琥珀眼を扱いこなすとは大したものだが、あまりそういうやり方は感心しないな」

「…………」

クシャリと俺の髪の毛を撫《な》でながらも先生は言った。

この世界において琥珀眼とは、『恐怖』と『迫害』の対象である。

単に恐れられるだけなら慣れているのだが、中には魔族に対する憎悪を俺のような人間に対して向けてくる輩《やから》もいた。

今回、俺に絡んできた奴らがその典型である。

両親を魔族に殺された恨みから、琥珀眼を持つ人間に対して、無差別な敵意を向けていたのだった。

「いいか。アベル。お前には魔術師としての抜きん出た才能がある。だが、その力は自分のためではなく、他の誰かのために使いなさい」

「誰かのため……？」

「そうだ。そうすれば誰もお前を恐れたりしない。お前は胸を張って、この世界を生きていくことができるだろう」

「………」


分かっている。

先生の言葉が単なる理想論だということくらい。

だが、先生の言葉は他の大人たちとは違う。

青臭《あおくさ》いほどに正しくて、誰よりも温かい。


「よし。それじゃあ、今日も授業を始めようか。まずは昨日、教えた付与魔術の基礎から復習することにしよう」

パチパチと薪《まき》が弾ける音が部屋に響いている。

だから俺は今日も暖炉《だんろ》の前で、先生の講義をジッと聞くことにするのだった。


〜〜〜〜〜〜〜〜〜〜〜〜〜〜〜


彼女と出会ったのは、俺がすっかりと孤児院での生活に慣れた八歳の日のことである。

この頃になると俺は、既に魔術を高いレベルで使えるようになっていた。

通常、扱いこなすのに十年の修業が必要とされているらしい。

だが、俺の場合は違った。

どうやら琥珀眼の人間の中でも個人差があるようだ。

魔術を習得するにあたり恵まれた環境が与えられていたこともあり、俺は三年足らずで、全属性の魔術を苦もなく使用できるようになっていた。


「返して！　返してよ！」

「うるさいやつだな！　男のくせに人形なんかで遊びやがって！」

「この人形はオレたちが預かっておいてやるよ！　返して欲しけりゃ、自力で取り返してみろよ！」


大きな声がしたので、部屋の中に視線を移す。

ふむ。

気の弱そうな一人の男が、周りの男たちに取り囲まれているようだな。

こういうことは、頻繁《ひんぱん》にあった。

人間同士の争いごとに年齢は関係ない。

先生曰《いわ》く。

人間が閉鎖的な環境で暮らせば、必然的にカーストが生まれ、揉《も》め事が起こるものらしい。

とはいえ、彼らとの交流を断っている俺にとっては関係のない話である。

そう判断した俺がクルリと踵《きびす》を返そうとした直後であった。


「貴方《あなた》たち！　恥を知りなさい！」


やけに勝気な女の声が聞こえた。

女だ。燃えるような茜《あかね》色の髪の毛の女である。

歳《とし》は俺より二つ下くらいだろうか。

初めて見る顔だ。新顔だな。

この孤児院は里親が見つかり次第、『卒業』するシステムになっているので、入れ替わりが非常に激しいのである。

ちなみに、世間から忌《い》み嫌われる琥珀眼を持った俺は、当然、引き取り手を見つけられるはずもなく――。

この三年間の生活で気付けば俺は、孤児院の最古参のメンバーとなっていた。


「寄って集《たか》って、弱い物イジメをするなんて、男の風上にも置けないわ！」

「……誰だ。お前は？」

「アタシの名はマリア！　誇り高き騎士の家に生まれた、正義の心を持った女よ！」


子供らしい玩具《おもちゃ》の剣を持ってマリアは宣言する。

ふうむ。

このマリアとかいう女、黙っていれば相当な美少女だが、何かと自己主張が激しそうなタイプなのが玉に瑕《きず》だな。

「よお。新入り。ここのルールを教えておいてやるよ」

「えっ……⁉︎」

次の瞬間、男の放った鋭い蹴《け》りがマリアの脇腹を襲った。

はあ。

いつ見てもあまり気持ちの良い光景とは言えないな。

所詮《しょせん》、子供同士の喧嘩《けんか》と言うやつもいるだろうが、俺から言わせると、むしろ逆である。

後先を考えない子供だからこそ、より残酷《ざんこく》な暴力を振るうことができるのだ。

「ほらほら！　どうした！　さっきまでの威勢はよ！」

「アッグッ……」

立て続けに蹴撃《しゅうげき》を浴びたマリアは苦悶《くもん》の表情を浮かべる。

「ここではな！　強いやつが偉いんだ！　決めたぜ。新入り！　お前が新しいオレの人形に決定だな！」

マリアの髪の毛を引っ張りながらもリーダー格と思《おぼ》しき男が声を張り上げる。

気付くと、マリアの周囲に仲間の男たちが集まり、すっかりと逃げ道まで断たれている様子であった。

元々、この孤児院には、幼くして両親を失った、血の気の多い連中が集まっているのだ。

こうなってしまった以上、彼女はこの孤児院で平穏な生活を送ることは不可能である。

だがしかし。

無論、俺にとっては、連中のいざこざなど関係のないことである。

ここは厄介事《やっかいごと》に巻き込まれる前に素通りするのが正解だろう。

などと俺が考えていた直後であった。

（誰かのために力を使え、か）

その時、不意に脳裏《のうり》を過《よぎ》ったのは、いつの日か先生が俺に送った助言であった。

仕方がない。

別に目の前の女がどうなろうと知ったことではないのだが、このまま見殺しにするのも寝覚めが悪い。

ここで学んだ魔術が人間相手にどれくらい通用するか、実験台になってもらうことにしよう。

「風刃連弾《ウインドブレット》」

圧縮した空気の弾丸を作り出した俺は、ドアの隙間《すきま》から立て続けにそれを射出する。

直線的な動きでは、ターゲットにこちらの居場所を悟られるリスクが高い。

そう判断した俺は、魔術の弾道の一つ一つを操作することによって、それぞれ異なる方向から攻撃を仕掛けてみることにした。

「ぎゃっ！」「ふぐっ！」「どわっ！」

俺の放った魔弾を受けた子供たちは、それぞれ体を大きく仰《の》け反《ぞ》らせて尻餅《しりもち》をつくことになる。

直後、部屋はインクを垂らしたかのような暗闇に包まれた。

「な、なんだ！　急に明かりが⁉」

無論、このアクシデントは俺が人為的に引き起こしたものである。

生みだした魔弾の一つは、時間差で明かりの炎に命中するように計算しておいたのだ。

この隙を俺は見逃さない。

俺は部屋の外から、適当に男たちの恐怖心を煽る言葉を送ってやる。

「魔族だー。魔族が出たぞー」

ふう。自分のことながら、気の抜けた棒読みの演技だな。

だが、追い込まれた男たちにとっては効果テキメンだったらしい。

「ぎゃあああああああ！」

「助けて！　お母さあああああああん！」

やれやれ。

この男たち、普段は魔族に対する憎悪を俺にぶつけてくるくせに、いざ自分の目の前に危機が迫ると情けない姿を晒《さら》すのだな。

無論、俺の吐いたウソなど誰かが《発光《フラッシュライト》》の魔術を使用すれば、直ぐにでもバレることになるだろう。

だがしかし。

平常時ならいざ知らず、パニック状態の中で正確に魔術を構築できる人間は、この部屋の中には存在しない。

結果、部屋の中に集まっていた男たちは、蜘蛛《くも》の子を散らすようにして逃げ去っていくことになった。

俺は魔術を使って部屋に明かりを灯すと、マリアの元に近づいていく。

「誰……？」

ふむ。

このマリアとかいう女、他の男たちと違って、なかなかに肝《きも》が据わっているみたいだな。

普通、この状況で俺のような琥珀眼《こはくがん》の人間を目の当《ま》たりにすれば、恐怖で取り乱しそうなものである。

だが、この女は視線を逸《そ》らすことなく、ジッと俺の眼を見つめていた。

「……長生きしたければ、これに懲《こ》りて無茶な真似《まね》は止めておくことだな」

俺はあえて彼女の質問には答えない。

この場所で俺と関わることになれば、彼女を不幸にするかもしれないと考えたからだ。

「治癒《ヒール》」

俺はマリアの傷口を回復魔術で手当てしてやると、素早く踵《きびす》を返して部屋を後にする。

これが俺とマリアとの出会い――。

後に《火の勇者》と呼ばれて、《偉大なる四賢人》として後世に名を残す魔術師との邂逅《かいこう》の瞬間であった。

～～～～～～～～～～～～～～

さて。
気まぐれで茜《あかね》色の髪の毛の少女、マリアを助けてからというもの半年近くの月日が流れた。
俺の予想に反して、孤児院での生活は平穏な日々が続いていた。

「隙ありよー！　アベルー！」

背後から攻撃の気配を感じたので、咄嗟《とっさ》に読んでいた新聞紙を強化して受け止める。

「ええええええ！　どうして！　アタシの剣がこんな紙切れ一枚に⁉」

渾身《こんしん》の一撃を新聞紙によって弾き返されたマリアは、驚愕《きょうがく》の表情を浮かべていた。
どうしてマリアが俺に不意打ちを仕掛けてくるのか？
それは『俺に一撃でも攻撃を当てたら弟子にしてやる』という口約束を愚直《ぐちょく》に信じた結果である。

もちろん最初は断った。

ただ、マリアは何度断ってもしつこく食い下がり、俺に弟子入りすることを止めようとしなかったのである。

「さてはこの紙に何か細工《さいく》をしたんでしょ！　見せなさいよ！」

不審に思ったマリアは俺から新聞紙を取り上げる。

「うーん。見たところ、何もおかしなところはないようだけど……」

魔術に関して非凡な才能の片鱗《へんりん》を見せるマリアであったが、黒眼系統の魔術に対しては、未熟だったらしい。

俺の施《ほどこ》した付与魔術の存在に気付くことのできなかったマリアは、頭の上に特大のクエスチョンマークを浮かべていた。

「ねえ。アベル。このニュースって……」

マリアの視線が不意に、とある記事の前で留まる。

騎士の家庭で生まれ育ったマリアは、この孤児院の中では珍しく文字の読める子供の一人であった。

「ああ。例の人体錬成魔術のことだろう。昨日も新しく『人攫《ひとさら》い』の事件が発生したらしい」

当時の世界は『人体錬成ブーム』の最盛期であり、様々な魔術師たちがこぞって、人間の魂を作り出す方法を模索していた。

事の発端は、度重《たびかさ》なる魔族との戦争で兵士が減少したことにあった。

政府が人手不足を補《おぎな》うため、『人体錬成魔術』を開発した人間に対して莫大《ばくだい》な懸賞金を与えることを発表したのだ。

「お前も外に出ることになったら、気を付けた方がいい。このところ、何かと物騒みたいだからな」

人体錬成魔術の開発には、実験材料となる人体が不可欠と考える魔術師が多く存在していた。中でも俺たち子供は、魂の鮮度が高いということで、一部で法外な価格により取引されているらしい。

「ううん。外のことは関係ないわ！　アタシは、ここでずっとアベルと一緒にいるもん！」

屈託のない笑顔を浮かべてマリアは言った。

やれやれ。

この女、随分《ずいぶん》と呑気《のんき》なことを言うのだな。

俺たちが一緒にいられる時間は、おそらく彼女が思っているよりも、ずっと短い。

優れた容姿と才能を持ったマリアならば、俺と違って、直ぐにでも引き取り手を見つけることができるからな。

〜〜〜〜〜〜〜〜〜〜〜〜〜〜〜〜〜〜

耳を澄ませば夜の虫たちの鳴き声が聞こえてくる。

「なあ。アベル。どうしてお前は彼女の好意を拒《こば》むんだ？」

とある日の夜。

いつものように研究を手伝っていると、先生から不可解な質問が飛んできた。

先生、といっても俺がこの人から一方的に魔術を教わる立場にあったのは、過去の話である。

時間の経過と共に程よく知識と技術を蓄《たくわ》えた俺は、今では先生の研究を手伝えるまでに成長していた。


「彼女？　マリアのことですか？」

「ああ。お前が他の子供と関わるのは珍しいからな。興味深く観察させてもらっているよ」


なるほど。

どうしてマリアほどの才覚を持った女が今の今まで売れ残っていたのか、不思議に思っていたのだが、ようやく謎が解けたな。

おそらく先生は、俺の行動を観察するため、マリアを外に出す機会を先延ばしにしていたのだろう。

「……正直に言うと、恐れているのだと思いますよ。心を許してしまうと、いつか、裏切られてしまうような気がして」

その時、脳裏《のうり》を過《よぎ》ったのは、かつて俺が『母親』と呼んでいた女の姿であった。

『お前なんか、いらないよ。この化物め！』

マリアが俺を恐れずにいてくれるのは、彼女が幼く純粋だから、という部分もあるのだろう。
これから先、彼女の価値観が成長と共に変化していく可能性は十分に考えられる。
だから俺はマリアに……。
いや、他人に対して、自然と壁を作って接しているのだろうな。

「ふふ。そうか。お前も、そうやって人並みに悩みを抱えることがあるのだな。なんだか少しホッとしたよ」

クシャリと俺の頭を撫《な》でて先生は笑う。

「安心しろ。お前はオレの息子だ。ここにいる限り、お前に不自由な思いはさせないさ」

笑った時に現れる先生の深い皺《しわ》が好きだった。

この人の手は俺の知る、他の誰よりも暖かい。

全てが上手《うま》く回っているような気がしていた。

いつまでもこんな日々が続けば良いと思っていた。

だがしかし。

俺にとっての平穏な日常は、ある日を境にして、音を立てて瓦解《がかい》していくことになるのだった。

〜〜〜〜〜〜〜〜〜〜〜〜〜〜〜〜〜〜〜〜〜〜

それは今にも屋根が吹き飛びそうなほどの激しい雨風が降り注ぐ日のことであった。

ドンドンドンッ！

いつものように書斎で本を読んでいると、部屋の中に乱雑なノックの音が響くことになった。

「アベルッ！」

突如として訪れた少女は、ビショ濡れの状態で、俺の胸に飛び込んでくる。

おいおい。

その恰好《かっこう》のまま突っ込んでくるのかよ。

俺は本が濡れないように素早く後ろに手を回すと、渋々とマリアの体を抱きかかえた。

「どうしよう……。アタシ、明日にはもう卒業だって……」

雨と涙で顔をクシャクシャにしながらも、マリアは告げる。

なるほど。

随分と時間をかけていたと思っていたのだが、いよいよ先生も重い腰を上げたか。

今更説明するまでもなく、この孤児院は、身寄りを亡くした子供が一時的に生活をするための施設である。

マリアのように引く手あまたの子供をいつまでも、置いておくわけにはいかないのだろう。

「気にするな。ここに来た時から定められていた運命だ」

「嫌……。アタシ……。離れたくない……」


やれやれ。

この女、納得のいく返事を得られるまで、意地でも俺から離れない構えを見せているな。

仕方がない。

ここはマリアの機嫌を取っておくことにするか。

後にして考えてみると、この時に起こした俺の気まぐれが後の運命を大きく変えることになったのだろう。

「ほら。餞別《せんべつ》だ。コイツを持っていけ」

そこで俺が差し出したのは、引き出しの中に入ってあったメモの切れ端であった。

だがしかし。

メモ切れにはちょっとした細工を加えてある。

「えっ。これって……?」

俺からメモの切れ端を受け取ったマリアは、驚きの表情を浮かべていた。

昔から一人で過ごす時間だけは事欠かなかったからな。

中でも『折り紙』に関しては、既に特技といっても差し支えのないレベルに達していると思う。

「お前を守る、まじないのようなものだ。俺の代わりだと思って大切に扱うんだぞ」

俺の言葉がお気に召したのか、その後、マリアは幾度となく再会の約束を取り付けてから部屋を後にする。

窓の外に視線を移すと、横から吹き付ける強風が痩《や》せ細った木を揺らしていた。

どうやら暫《しばら》く天気が良くなる期待はできないらしい。

〜〜〜〜〜〜〜〜〜〜〜〜〜〜〜〜〜


さて。

周囲の人間たちが寝静まった深夜の時間である。

途切れることなく落ちる雨が、無数に枝分かれをした水の通り道を作っている。

微弱な魔力の気配を頼りに、歩みを進める。

天候は一向に良くなる気配がなかったのだが、生憎《あいにく》と俺には確かめなければならないことがあるのだ。

……いや。違うな。

本当は心の何処《どこ》かで気付いていたのだ。

だが、無意識のうちに自分の心にフタをしていたのだろう。

コツン。

目的の場所に到着すると明らかに足の感触に違和感があった。

俺はぬかるんだ地面を掘り出し、中から出てきた鉄板を持ち上げる。

そこにあったのは、地下に続く階段であった。

覚悟を決めた俺は、一歩、また一歩と暗闇の中に足を踏み入れていく。

「……アベルか。どうしてここが？」

どうやらこの地下に足を踏み入れた時点で、俺の気配を察していたようである。
その男、ガリウスは俯《うつむ》き気味に目を伏せて満足そうな笑みを零《こぼ》していた。

「昨日、マリアに持たせた折り紙に探知魔術をかけておいたのです。ですが、こういう場所があるということは、だいぶ前から気付いていました」

先生の周りに転がっていたのは、魂を抜かれた後の人間の抜《ぬ》け殻《がら》である。
やれやれ。
どいつもこいつも、見覚えのある顔をしているな。
彼らは昔、孤児院で『卒業』を迎えたはずの子供たちであった。

「どうしてこんなことを？」

間違いない。

先生はこの地下施設で『人体錬成魔術』の開発を行っていたのだろう。

巷《ちまた》では最近、この魔術開発の弊害《へいがい》で、事件が多発しているのだが、これほどの規模のものとなると前代未聞である。

「……魔術の発展のためには、犠牲はつきものなのだ。アベル。お前ならば、オレの気持ち、分かってくれるだろう？」

以前に先生に黙って、取り寄せた文献の中に書いてあった。

先生は凄腕《すごうで》の魔術師だった。

若くして才能を認められた先生は、政府直属の《宮廷魔術師》として迎え入れられ、数多《あまた》の輝かしい功績を残していた。

だが、平民生まれの先生は他者からの顰蹙《ひんしゅく》を買いやすい立場にあった。

この国の権力者たちは腐敗していたのだ。

手柄を横取りされ、謂《いわ》れのない汚名を着せられた先生は、この辺境の地に追いやられることになったというわけだ。

「ええ。そうですね。誰よりも近くで貴方《あなた》のことを見てきましたから」

先生にとっては『人体錬成魔術』の完成は、長年の悲願であるのと同時に、かつての同僚たちに一矢《いっし》報いる最後のチャンスと捉えていたのだろう。

今にして思うと、先生が俺のことを目にかけてくれていた理由がよく分かる。

琥珀眼《こはくがん》を持ち、迫害されていた俺に過去の自分を重ねていたのだろう。

「ククク。それでこそオレの息子だ。アベル。お前に最後の課題を与えようじゃないか」

そう言って、先生が投げ渡してきたのは、一本の剣であった。

この剣、よく手入れされているみたいだが、血の臭《にお》いがこびり付いているみたいだな。

間違いない。

先生は、この剣で今まで沢山《たくさん》の子供たちの命を奪ってきたのだろう。

「彼女の止《とど》めはお前が刺してみろ」

意味深な言葉を口にした先生は、近くにあった桶《おけ》のフタを開く。

次の瞬間、俺の視界に飛び込んできたのは箱詰めにされたマリアの姿であった。

「ンッ――！　ンンン――――ッ！」

意識はあるようだが、四肢《しし》を拘束《こうそく》されて身動きが取れないでいるようだ。

マリアは俺が手渡した折り紙を握り、必死に込み上げる感情に抗《あらが》っているようであった。

「……分かりました」

今更、人を殺すことを恐れたりはしない。

俺はいつこういう日が来ても覚悟ができるように、絶えず他人と一線を引いていたのである。

眼と眼が合う。

俺に剣先を向けられたマリアの眼は、恐怖と絶望の色に染まっていた。

「……これは何の真似《まね》だ。アベル」

優しく、しかし、有無を言わせない形相《ぎょうそう》で先生は言った。

不意に向けられた剣によって、切り落とされた先生の髪の毛は、ヒラヒラと宙を舞っていた。

「気が変わりました。戦いましょう」

やれやれ。

我ながら面倒な選択をしてしまったな。

別に、マリアを殺すことを躊躇《ためら》ったわけではない。

ただ、一度は救ったはずの人間を手にかけるのは、何か、納得のいかない感じがしたのだ。

「ふふふ。正気か？　お前が？　このオレに勝てるとでも？」

先生の表情に驚きや、動揺《どうよう》の色は見られない。

意図して冷静さを保っているようにも見える。

魔術師同士の戦いにおいて、優先して殺すべきは、敵魔術師ではなく、己の感情である。

それというのも魔術の精緻《せいち》なコントロールには、安定した感情が求められるからだ。

俺にそのことを教えてくれたのは、他でもない先生自身でもあった。


「残念だったな。お前の力では、オレに敵《かな》わんよ」


この様子だと、先生は本気だ。

一切の手を抜くことなく、俺のことを殺すつもりで仕掛けてくるつもりだろう。

先生は灰眼の魔術師だ。

灰色の眼は、琥珀眼を除いた五大眼の中では最強と称される性能を持った眼だ。

肉体の強化と修復を得意とする灰眼は、前衛・後衛を選ばずに戦うことができる為、汎用性《はんよう》が極めて高いのである。


「雹棘砲《アイスニードル》――雨型分裂《スプレッドレイン》！」

最初に仕掛けてきたのは、先生の方だった。

やはり灼眼《しやくがん》系統の魔術は使わないみたいだな。

この地下施設の中は、先生がこれまで積み上げてきた研究成果の塊《かたまり》である。

無闇に炎を使用するのは、リスクが高いと判断したのだろう。

だが、迂闊《うかつ》に炎を使用できないのは俺も同じだった。

この閉鎖空間の中で炎を使用すれば、即座に空気中の酸素が枯渇《こかつ》することになるだろう。

俺はともかく、マリアはまだ年端もいかない子供である。

低酸素状態の場所に身を置けば、直ぐにでも命の危険に晒《さら》されることになってしまう。


キンッ！　キンッ！

ザシュッ！　ザシュッ！　ザシュッ！


地下に氷が砕《くだ》ける甲高《かんだか》い音が響き渡る。

俺は迫り来る氷の刃を時に躱《かわ》して、時に剣で弾きながらも反撃の機会を窺《うかが》うことにした。


「遅い！」

やはり弾幕は単なるブラインドだったか。

身体強化魔術を使用して、一瞬で背後に回った先生は、俺の体を大きく蹴《け》り飛ばす。

「……咄嗟《とっさ》に体を捻《ひね》って衝撃を逃がしたか。惜しいな。あと十年、オレの元で修業を続けていれば、きっとお前は誰もが認める最強の魔術師になっていただろう」

俺は先生の言葉を否定しない。

一般的に、琥珀眼は、他の眼を持った魔術師と比べて、成長スピードが遅いといわれている。

更に、俺の体は未成熟で、体力面に関しても先生には遠く及んでいない。

誰の目から見ても戦況は不利に映ることだろう。

「そら！　どうした！　もう終わりか！」

そこから先は一方的な展開であった。

灰眼属性の魔術をフルに活《い》かして身体能力を底上げした先生は、既に満身創痍《まんしんそうい》になっている俺の体を繰り返し殴《なぐ》りつける。

異変が起きたのは、その直後であった。

度重《たびかさ》なる攻撃によって、輪郭《りんかく》を失った俺の体はやがて、空気の中に消えていく。


「なっ――!?」

我に返った先生の意識は急激に現実のものに引き戻されていく。


「良い夢を見られましたか。先生」

「――ッ!?」


人間の脳に直接干渉して、相手に夢を見せる《幻惑魔術《げんわくまじゅつ》》は、他でもない先生が編み出したものである。

ただ、先生の構築した理論は、無駄が多く、実戦で使用するには程遠いものであった。

幸いなことに魔術を学ぶために必要な時間と環境は、十分過ぎるほどに与えられていたからな。

部屋の中で論文を発見した俺は、先生の魔術を改良することに成功していたのである。

「バ、バカな……。この魔術はオレの……!? 未完成だったはずなのに……!」

いつの間にか先生の表情からは先程までの余裕が消失していた。

「力を隠していたというのか……。オレの前で……。この日に備えてずっと……!」

半分は正しく、半分は誤った推測であった。
俺が力を隠していたのは、もっと別の他愛《たわい》もない理由なのだ。
まさか先生とこうして手合わせをする日が来るとは、俺も今日になるまで予想もしていなかった。

「この……化物めっ!」

軽蔑《けいべつ》と恐怖の入り混じった表情で先生は言った。

ああ。そうだな。この顔だ。

『お前なんか、いらないよ。この化物め！』

目の前の男の姿が、かつて母親と呼んでいた人間のそれと重なった。

俺は先生の、こういう顔が見たくなくて、今日キでずっと力を隠していたのだろう。

「さようならです。先生」

動揺によって、取り乱した敵を仕留めるのは簡単であった。

俺は迫り来る攻撃をヒラリと躱すと、手にした剣で先生の体を貫いた。

跳ね返ってきた生暖かい血が俺の頬《ほお》を伝う。

脱力をして、寄りかかってくる先生の体は、なんだか以前よりも随分《ずいぶん》とやせ細っているように思えた。

〜〜〜〜〜〜〜〜〜〜〜〜〜〜

それからのことを話そうと思う。

無事に先生を打ち倒した俺は、これまで行ってきた先生の悪事を世間に対してリークすることにした。

かつて政府直属の《宮廷魔術師》で名を馳《は》せた先生の行いは、瞬く間に広まることとなった。

戦いの後、意識を取り戻した先生は、魔術を使用して、自害したと聞いている。

おそらく、この辺りが人生の『引き際』と考えていたのだろう。

あの人の選んだ道だ。

それに関して俺がとやかく言うつもりはない。

ただ、先生の行いは、決して世間的に許されることではないのだが――。

それでも俺は、あの人に感謝している。

当然のことだ。

先生に拾われていなかったら、俺は、自分が何者かということも分からないままに犬死にしていただろうからな。

あの日、凍えるように寒夜の下で、差し伸べてくれた手の温もりは、たぶん、一生忘れることはないだろう。
先生の墓に花を添え、立ち上がる。
さて。もうこの街に思い残すことはなくなったな。

「アベル！」

彼女に再会したのは、俺が旅立ちの決意を固めた後のことであった。

「やっぱり。ここにいたんだ」

俺の行き先を塞《ふさ》ぐようにして立っていたのは、見覚えのある女だった。
少し見ない間に、マリアは随分と大人びて見えるようになった気がする。
あの事件の後、国の管理下の子供たちは、安全な場所に連れていかれることになった。

「ねえ。本当なの？　この街を出ていくって……！」

瞳に不安の色を滲《にじ》ませながらマリアは言った。

マリアの服に入れられた『竜と剣』の刺繍《ししゅう》は、この街でも有名な貴族の家紋である。

そう。

この女は貴族の養子として引き取られることになったのだ。

優れた容姿と才能を合わせ持ったマリアは、直ぐに里親を見つけることできるだろう、と思っていたのだが……。

まさか貴族の家に引き取られることになるとは、流石《さすが》の俺も予想していなかった。


「ああ。今日にでも俺は、この街を発《た》つ」


ここ数日の間、俺は旅立ちの資金を獲得するべく路銀を集めるために奔走《ほんそう》していた。

俺にとっての、当面の目的は、生活の基盤を王都に移すことにある。

王都には優れた魔術師たちが集まり、魔族の襲撃に備えて、力を蓄《たくわ》えているという。

まずは、その中に混じり、自分の力を磨《みが》いていくことが、今後のためになると考えていたからだ。

「お願い……！　アタシも一緒に連れていって！」

何処《どこ》か俺の様子を窺《うかが》いながらも、ハッキリとした意思を感じられる口調でマリアは言った。

ここに来た時点で彼女の目的は分かっていた。

だから俺は、なるべく突き放すような口調で断りを入れる。

「ダメだ。今のお前では足手纏《あしでまと》いにしかならない」

「でも……」

「くどいぞ。分かったらもう二度と俺の前に姿を見せるな」

「…………ッ！」

瞬間、マリアの頬に一筋の涙が伝う。

俺の見立てによると、マリアには魔術の才能はある。

だが、彼女の才能が花開くまでには、まだまだ時間が必要だ。

一時の感情に振り回されて、俺と同行することは、せっかく摑《つか》んだ彼女の『幸せ』を台無し

にするかもしれない。

「……アタシ、強くなるから！　強くなって、いつかアベルと肩を並べられるようになるから！」

後ろの方で、マリアが何か叫んでいる。

悔《くや》しさ。怒り。悲しみ。

様々な感情の込められた彼女の声は、暫《しばら》くの間、俺の耳に焼き付いて離れようとしない。

結局、俺が『次』に彼女に再会するのは、それから十年近く後のことになるのだった。

～～～～～～～～～～～～～

それから。

少しだけ、先のことを話そうと思う。

王都に生活の拠点を移してから一年の時が流れた頃。

俺は魔術によって生物の魂を作り出すことは不可能なことを証明して、『人体錬成ブーム』

に終止符《しゅうしふ》を打つことに成功する。

この時に発表した通称、『デポルニクスの最終定理』は、俺が転生した二〇〇年後の世界の入学試験の問題に使用されることになるのだが——。

もちろん当時の俺にとっては知る由《よし》もないことであった。

第二章

EPISODE 002

地下での暮らし（水の勇者編）

The reincarnation magician of the inferior eyes.

春が過ぎ、夏が過ぎ、秋を迎え、いつの間にか冬になっていた。
季節は廻る。
気付けば、俺が孤児院を飛び出してから二年の月日が経過しようとしていた。
ここは王都から十メートルほど地下に造られた下水施設の中である。
色々と訳あって、俺は、生活の拠点を王都の地下に移していた。

「「おかえり！　アベ兄《にぃ》！」」

マンホールの蓋《ふた》を開いて地下に降りると、幾つか見覚えのある子供たちが俺の傍に駆け寄ってくる。

「アベ兄！　見てくれよ！　オレってば、こんなにでかいネズミを仕留めたんだぜ！」

「へへーん！　アタシの捕まえたネズミの方がずっと大きいもんねー！」

彼らは、俺が来る前から地下で暮らしていた住民たちである。

マンホールの先にある地下の空間は、俺のような『訳あり』の子供たちの受け入れ先になっていたのだ。


「今夜はごちそうだねー！」


仕留めた獲物を片手に子供たちは、ニコニコと笑う。

世はまさに、強者が弱者を虐《しいた》げる弱肉強食の時代である。

ここで生活をする子供たちの多くは、戦争で両親を失い、居場所を追われた人間である。

何の後ろ盾も持たない子供たちが一人で生きていけるほど、この世界は甘いものではない。

身寄りを失った子供たちは、地下に集まり協力することで、なんとか命を繋《つな》いでいたのである。

「ネズミは様々な病気の媒体《ばいたい》になる動物だ。食べる前は解毒の魔術を忘れずにな」

「「はーい！」」

俺がこの地下に降りて来た当初、彼らの生活のレベルはというと酷《ひど》いものであった。

地下の中の数少ない居住地と食糧を巡って、毎日のように仲間同士でも言い争いが起こっていた。

だから俺は生きるための糧《かて》として、子供たちに魔術を教えていたのである。

「なあなあ。聞いてくれよ！　アベ兄に教わった魔術、スゲー便利なんだぜ！　この前も――」

思うに、子供たちは特別、優れた才能を持っていたわけではなかったのだと思う。

だが、人間というものは、劣悪な環境に追い込まれるほど、能力を発揮できるものなのだろう。

教えられたことを素直に吸収していく子供たちは、今となっては大人と比べても見劣りしないほどの魔術を習得するようになっていた。

「そう言えば頼んでいた例の品は、用意しているか？」

「ああ。もちろん、バッチリだぜ！」

そう言って少年が鞄《かばん》の中から取り出したのは、この街の各新聞社が発行している新聞紙であった。

「アベ兄ってば変わっているよね……。こんな紙切れ読んだって、お腹は膨《ふく》れないのにさ……」

「まあまあ。アベ兄にはアベ兄の考えがあるんだよ」

この地下の中に流れてくるのは生活のための排水だけではない。

王都の中でも取り分け多くの人間が生活しているこの地域には、多くの情報が集まってくるのだ。

「……俺は暫く読書に集中するから、夜になるまで一人にしておいてくれ」

「「はーい」」

俺の言葉を受けた子供たちは、元気良く散っていくことになる。

さて。

どうして俺が地下での暮らしを甘んじて受け入れるようになったのかというと、その方が自分の目標を叶えるのに都合が良い部分もあったからである。

【恐怖！　魔族十八人の変死事件！　魔術結社《宵闇の骸《カオスレイド》》の関与か⁉】

集めてもらった新聞に目を通すと、そんなセンセーショナルな見出しの記事が紙面に躍っていた。

――当面の俺の目標はというと、国内最強の魔術組織である《宵闇の骸《カオスレイド》》に入会することである。

以前より、ずっと気になっていたことがあった。

どうして平民の生まれである先生が、政府直属の《宮廷魔術師》にまで上り詰めることができたのか？

先生の過去について調べているると浮かび上がったのが、この《宵闇の骸《カオスレイド》》という組織であった。


人種・性別・国籍・年齢。

この組織の中では全てが不問に付されている。

求められるのは魔術師としての『力』という一点に尽きる。

この組織で実績を上げると、莫大《ばくだい》な報酬《ほうしゅう》と将来の地位《ポスト》が約束されるのだとか。

気付くと、部屋の壁は、《宵闇の骸《カオスレイド》》関連の新聞の切り抜きで一杯になっていた。


「……やれやれ。今回の目標を達成するには、時間がかかりそうだな」


別に先生と同じ《宮廷魔術師》になりたいというわけではない。

だが、自分の実力を試すという意味では、これ以上におあつらえ向きのものはないだろう。

今の俺にできることは、組織に関する情報を集めながら、力を蓄《たくわ》えることだけであった。


～～～～～～～～～～～～～～～

地上で暮らす人々の生活音が次第にまばらなものになっていく。

集めてもらった新聞記事を整理していると、すっかり夜の時間になっているのが分かった。

コツコツと跳ねるように歩く足音が地下に響く。

この足音、いつものアイツのものだな。

そろそろ『仕事』の時間に差し掛かっているのだろう。


「オヤブン！　メシにしましょうぜ！」


元気良く扉を開けて、俺の前に現れたのは、俺とそう歳《とし》の変わらない十二歳ぐらいの外見をしたソバカスの少年であった。

男の名前は、リックという。

俺が地下に来るまでの間、子供たちのリーダーを務めていた男であった。

「ふむ。そろそろ来る頃だろうと思っていたよ」

俺たち地下の住人が外に出る機会はそう多くない。

不用意に外に出れば、それだけ危険に晒《さら》されることになるからだ。

食糧を取りに行くのは、おおよそ十日に一度と決めている。

集めた食糧は地下の貯蔵庫の中に溜めて、次の食糧調達の日までの間、地下の住人たちの間で分配を繰り返すことになるのだ。

「それじゃあ、今日も頼みましたよ！　オヤブン！」

リックに誘われた俺は、地下のパイプを経由して外に出る。

この場所は、仕事のスタート地点だ。

誰からも使われなくなった建物の屋上には、既に十人近い地下の子供たちが集まっていた。

「リック。準備はできているか？」

「ええ。オイラたちはもう、お腹がペコペコですぜ！」

ここに集めたのは、俺が魔術の手ほどきをした子供の中でも選《よ》りすぐりの精鋭たちである。

地下の子供たちの中でも、更に才能に長《た》けた人間だけを厳選した食糧調達部隊は、大人たちを遥《はる》かに上回る力を有していた。

「散れ！　野郎ども！」


リックが命令を下すと建物の屋上から、子供たちがバラバラになって消えていく。

彼らが目指しているのは、店仕舞い途中の露店である。

うっすらと日が暮れて、人の通りが減り始めるこの時間帯は、俺たちにとって最大の好機とも呼べるタイミングであった。

貧しいものからは決して奪わない。

必要以上の略奪は行わない。

というのが、俺がコイツらに課したルールだ。

実行するのは子供たちで、俺は少し離れた位置から彼らのサポートに徹するのが、事前の取り決めとなっていた。


「うひょー。今夜も大漁《たいりょう》だぜ！」

無論、倫理的《りんり》に『窃盗行為《せっとうこうい》』が悪だということは承知の上である。

だがしかし。

他に子供たちの食糧を手に入れる有効な手段は、思い当たらないというのが現状であった。


「現れたな！　ドブネズミども！」


商人たちの中には、事前に俺たちの襲撃を予想していた人間もいたのだろう。

それぞれ、護身用の武器を持った商人たちが子供たちの前に立ち塞《ふさ》がる。

むっ。

今日はいつにも増して、警備の人間が多いな。

街では見たことがない顔もチラホラといるみたいである。

おそらく商人たちが、俺たちに対抗するために何処《どこ》かに協力を仰《あお》いだのだろう。


「へへーん。捕まえられるもんなら捕まえてみなってんだよっ！」

この状況を受けて機転を利《き》かしたのはリックであった。

あえて目立つ場所に立ったリックは、裏路地の中に飛び込んでいく。

「んなっ！　このクソガキがっ！」

挑発に乗った商人たちは、リックの後を追うようにして裏路地の中に消えていく。

なるほど。

単純だが、よくできた陽動作戦だ。

これでリックが食糧を調達することは難しくなったが、俺たちはあくまでチームで動いているわけだからな。

一人が犠牲になっても、残りの子供たちが成功すれば、トータルでは十分な成果を上げることができるのだ。

「ニシシッ。今日も大漁大漁♪」

「おいおい。あまり欲張るなよ。アベルさんに怒られても知らねーぞ」

隙《すき》を衝《つ》くことに成功した子供たちは、手際《てぎわ》良く袋の中に食糧を詰め込んでいる。

この様子だと俺のサポートは、特に必要なさそうだな。

などと俺がホッと息を吐こうとしたのも束の間であった。


「────ッ！」


何者かが、民家の中から、子供たちに対して鋭い眼光を向けているのを発見する。女だ。

この辺りでは珍しい、青色の髪をした女であった。

青髪の女が構築した氷の魔術は、子供たちの足元に向かって飛んでいく。

敵ながら大した魔術だ。

威力そのものはなんてことのない普通の魔術なのだが、狙いが正確で、構築手順に淀《よど》みがない。

相当に訓練を積んだ使い手である。

「やれやれ。油断は禁物だぞ」

間一髪《かんいっぱつ》のところで俺は、子供たちを抱きかかえて、攻撃を回避するのに成功する。

「ア、アベルさん⁉」

食糧の調達に気を取られていた子供たちは、攻撃を受けていたことに気付かないでいるようだった。

「狙われている。窓からだ」

俺たちの様子を窺《うかが》っている青髪の女と眼が合った。

ふうむ。

少し、驚いたな。

どうやら先程の攻撃を仕掛けてきた女は、俺たちとそう歳《とし》の変わらない子供だったらしい。

「うわあああ！　なんだよ！　アレ⁉」

続けざま、俺たちの前に飛んできたのは、千本を超えようかという勢いで放たれる無数の氷の矢である。

む。流石《さすが》に左右の手が塞がった状態で、これほどの弾幕を回避するのは、骨が折れそうだな。

「付与魔術発動。《物質操作》」

そこで俺が使用したのは、物体に様々な性質を与えることができる付与魔術であった。

本来であれば黒眼系統の魔術であるが、全属性に適性のある琥珀眼《こはくがん》の持った俺にとって付与魔術は得意な魔術の一つである。

俺が《物質操作》の対象に選んだのは、地面に敷かれた土であった。

「なっ――――!?」

窓から狙ってきた女からすれば、さぞかし意外な展開に映ったに違いない。

俺が土を操作して作ったのは、大きな壁であった。

風の魔術で敵の攻撃を弾くことは簡単であるが、それではあまりに芸がない。

この後の逃走ルートを確保するという意味では、何か目の前に遮蔽物《しゃへいぶつ》を作るのが良いだろう。


ザシュッ！

ズバババババッ！


俺が作った土の壁は、敵の氷の矢を防ぐと同時に死角を作ることになる。


「面倒なことになった。とっとと逃げるぞ」

「「は、はい！」」


それにしても氷の魔術を使ってきた敵の女、一体何者なのだろうな。

俺と同年代の魔術師で、これほどの魔術を使う人間に遭遇《そうぐう》するのは初めてのことである。

これが俺とデイトナとの出会い――。

後に《水の勇者》と呼ばれて、《偉大なる四賢人》として魔王討伐に多大な功績を残す魔術師との邂逅《かいこう》の瞬間であった。

〜〜〜〜〜〜〜〜〜〜〜〜〜〜〜


食糧調達に向かってから、暫《しばら》くの時間が経過してからのことである。

その日の俺は珍しく陽のあたる時間に外に出ていた。

それというのも魔術の研究には、新しくインプットする知識が必要だからである。

だが、今更、説明するまでもなく本というのは、非常に高価な代物《しろもの》であった。

今までは、親切な老婦人が営《いとな》んでいる書店でコッソリと立ち読みをさせてもらっていたのだが、時の流れというものは残酷《ざんこく》である。

街の片隅の小規模な書店は、次第に利便性に富んだ大型書店に市場を奪われて淘汰《とうた》されることになっていた。

今にして思うと、あの店は俺にとって天国のような場所だったな。

毎朝、飼っている老犬を散歩に連れていく代わりに、立ち読みを黙認してくれたのだ。

「ええと。たしか、この辺りに……」

今回、訪れるのは、最近になって王都の外部区画に作られたらしい魔導書店である。
俺は先生の元で働いていた時に受け取っていた僅《わず》かな賃金を手に、街の大通りを歩いていた。

【魔導書店　ベルゼブブ】

そこで見つけたのは、ピカピカに磨《みが》かれた看板が掲げられた書店である。
店の中は新しい紙とインクの匂《にお》いで満たされている。
心なしか俺も足取りが軽くなっているのが分かった。
ふうむ。
流石に王都の魔導書店だけあって、品揃《しなぞろ》えが優れているな。
参考資料として探していた本は、この辺りか。
俺が背伸びをして、本棚《ほんだな》上部の本を手に取った直後であった。
「おい。薄汚いドブネズミが。ウチの店になんの用だ？」
突如として背後から声をかけられる。

この男が店主か。

モミアゲと繋《つな》がるほどの顎《あご》ヒゲを生やした男は、俺のことを威圧するかのように睨《にら》みを利《き》かせていた。

「……客に向かって、随分《ずいぶん》な物言いをするのだな。この店は」

「ハンッ。客だとぉ？　ドブネズミの分際で！　偉そうにしやがって！」

ツカツカと近付いてきたヒゲの男は、俺の服を摑《つか》んで殺気を放つ。

「今すぐ表に出ろ。二度とウチの店に近づけないようにしてやる」

やれやれ。

特に商品を盗んだわけでもないのに酷《ひど》い言い草である。

俺としては、店の中で争いをするつもりはなかったのだが、相手から仕掛けてくるようであれば話は別である。

最低限の自衛処置を取らざるを得ないことになりそうだ。

「コラッー！　何をしているんっ⁉」

凛《りん》とした声が店の中に響く。

猛禽《もうきん》類のように鋭い眼光でヒゲの男を睨んでいたのは、青色の髪と眼を持った少女であった。

身長は１４０センチを少し上回るくらい。

年齢は俺より一つか、二つくらいは下になるだろうか。

この女、どこかで見覚えがあると思ったら、昨日の夜に俺たちに対して魔術を使ってきたやつだな。

「お、お嬢さま……」

んん？　これは一体どういうことだろうか。

青髪の少女にヒゲの男は、ヘビに睨まれたカエルのように体を委縮させているようであった。

「で、ですが、お嬢さま……。この男は忌々《いまいま》しい、琥珀色の眼を……」

「関係あらへんやろっ！　お客さんのことを外見で差別したらアカンでー‼」

「ヒイッ！　申し訳ありませんでしたー！」

それはなんとも形容しがたい異様な光景であった。

二回り以上歳《とし》の離れた強面《こわもて》の男が、少女に対して怯《ひる》んでいる。

当時の俺にとって『大人』とは、畏怖《いふ》すべき強大な敵であったのだが、この少女の前ではどちらが大人か分からない有様であった。

「ウチの店の人間が失礼したなぁ。キミも魔術の勉強をしているん？」

「……何故、そんなことを聞く」

「だって、その本、古代言語《ルーン》の魔導書やろ？　ウチとそう歳も変わらんのに偉い難しい本を読んでいるんやなって」

なるほど。

この本を一瞬で古代言語《ルーン》の魔導書と見抜くあたり、彼女もそれなりに読書の習慣があるようだ。

古代言語とは、今から百年以上昔に使われていた魔法文字のことである。

一般的に魔術言語《ルーン》とは、時代の進歩と共に最適化されていくものなのだ。

古代言語の読解は難易度が高く、表面的な知識だけでは読み進めるのが困難とされていた。


「キミ、名前は？」

「アベルだ」

「ウチはデイトナ。仲良くしてくれると嬉しいわ」

少し照れ臭《くさ》そうにハニカミながら、デイトナは続ける。

「ねえ。アベルくん。良かったら、この後、お茶していかへん？　さっきのお詫《わ》びをしたいんやけど……」


どうやら俺が昨日の夜に交戦をした人間だと気付いていないようだ。

この女、使えるかもしれない。

どういう意図で俺を誘い出そうとしているのかは不明であるが、俺の目的を叶えるにあたり有用であるのならば、利用させてもらうとしよう。

「ああ。そういうことならいいだろう。こんな身なりだが、構わないか？」

魔術を使って清潔な状態は保っているものの、地下での暮らしが長い俺の衣服は、お世辞《せじ》にも綺麗《きれい》であるとは言えないものであった。

「大丈夫！　ウチは外見で人を判断したりせんし。それに……」

何故だろう。

少しだけ視線を逸《そ》らして、モジモジと指を絡ませながら少女は言う。

「キミのその眼、とってもキレイな色をしているんやね。なんだか見ているこっちが、照れてまうわ」

キレイな眼をしている、か。

そんな風に言われるのは生まれてこの方、初めてのことである。

今更、語るまでもなく、俺の持つ魔族と同じ琥珀色の眼は、この世界では恐怖と迫害の象徴である。

おそらく、この女は、幼少期から恵まれた環境で育ったため、魔族に対する恐れや憎しみの感情が希薄なのだろうな。

「それじゃあ、ついてきて。ウチがとっておきの店を案内したるわ」

「ああ」

屈託のない笑顔を浮かべる少女に誘われて、店の扉を潜《くぐ》る。

久しぶりに出歩く昼下がりの街は、やけに眩《まぶ》しく感じられていた。

~~~~~~~~~~~~~~~~

それから。

青髪の少女、デイトナに誘われた俺は、王都の露店通りを歩くことにした。

~~~~~~~~~~~~~~~~

普段は陽が暮れてからしか訪れたことがなかったので知らなかった。

道行く人々の楽しそうな声。

食欲を刺激する香ばしい匂《にお》いを漂わせる出店。

奇妙な格好をした旅芸人の余興《よきょう》。

この時間帯に訪れる露店通りは、実に五感を刺激する場所であった。

正直、苦手な雰囲気《ふんいき》だ。

別に自分で望んで住んでいたわけではないのだが、俺のような人間には地下での暮らしが丁《ちょう》度《ど》良いのかもしれない。


「デイちゃん。今日も精が出るねー」

「おおきに！　おじちゃんもお仕事、頑張ってや！」

「おっ！　新しいボーイフレンドかい。デイちゃん」

「ええ～⁉　そんなんちゃうわ！」


デイトナが店を通る度《たび》、露店を営《いとな》んでいる商人たちが次々に声をかけてくる。

「……随分《ずいぶん》と顔が広いのだな」

「せやね。ウチの父ちゃん、商会の会長やねん。だから、この通りの人たちは、みんな、家族みたいなもんなんや」

「商会というと、スレア商会か」

「……!? キミ、詳しいんやね！」


まあ、地下での暮らしが長いと嫌でも王都周辺の情報は入ってくるな。

スレア商会というと、この街では主に食料品を扱うことの多い中堅商会である。

つまり俺たち地下の住人にとっては、物資の調達先の一つであり、あまり顔を合わせたくない存在であった。


「おばちゃん～！　コーヒー二つ！　大至急で作ってや！」


街角のドリンクスタンドで立ち止まったデイトナは、大きな声でオーダーを通す。

どうやらこのスタンドは、外に置かれたテーブル席に座って、飲食ができるようになっているようだ。

それにしてもコーヒーとは、一体どんな飲み物なのだろうか。

あまり街を出歩く習慣のない俺にとっては、馴染《なじ》みのないものである。

「はい！　コーヒー二つ！　デイちゃんは、砂糖とミルクを混ぜたやつでいいよね？　で、そっちの坊やは……」

「アベルくんはどうする？　たぶん、そのまま飲むとえらい苦いと思うんやけど」

なるほど。

どうやらコーヒーという飲み物は、何か他のもので割って口にするのが主流の嗜《たしな》み方となっているようだ。

「不要だ」

せっかくの機会だ。

ここは何も混ぜないで飲んでみることにしよう。

コーヒー本来の味を確かめるという意味では、何か別のもので割らない方が良いだろう。

「どうかな。味の方は？」

「ああ。これは悪くないな」

少し、驚いたな。

これほどまでに香りの強い飲み物を口にするのは初めてだ。

苦味が強く、味については好みが分かれそうであるが不思議と後を引く感じであった。

「ふふふ。アベルくんは味覚も大人なんやね。ミルクを入れずに飲める人に会ったのは初めてや」

「そういうものなのか。別に普通だと思うが」

たしかにミルクを入れた方が飲みやすくなる気はするが、甘いものが苦手な俺には、今のものが丁度良い気がする。

――これは後になって知ったことであるが、当時のコーヒーは『悪魔の飲み物』と呼ばれて、一部の愛好家たちの中で嗜まれている珍しい代物《しろもの》だったらしい。

この日を境にして、以降、二〇〇年もの間、俺はコーヒーなる飲み物をすっかり気に入ることになるのだった。

〜〜〜〜〜〜〜〜〜〜〜〜〜〜〜

それから。
テーブル席に着いた俺は、虚実を交えながら、デイトナの質問に答えていくことにした。
「へえ。それじゃあ、キミはその先生？　っていう人に魔術を教わっていたんやね」
「ああ。まあ、そんなところだ」

道行く人々の視線が居心地の悪い感じである。
どうやら俺たちの様子は、周囲の人間からは物珍しく映っていたらしい。
おそらくは、組み合わせの問題なのだろう
片や、身なりの薄汚れた地下の住人。
片や、美しい顔立ちをした大商人の娘。

そんな二人が並んで話している様子は、通行人たちからは奇特なものとして捉えられていたらしい。


「ねえねえ。アベルくんに魔術を教えていた先生って、どんな人だったん？」

「別に普通だな。何処《どこ》にでもいる気の良いオジサンだった」

「へえ。そうなんや。アベルくんを指導していたんやもん。てっきりウチは、只者《ただもの》ではない人なんやと思っていたわ」


少し驚いたな。

この女、他人の言葉を疑うことを知らないのか。

おそらくデイトナが素直に他人の言葉を受け入れられるのは、彼女がそれだけ恵まれた環境で生まれ育ったことの表れなのだろう。

「そういうお前はどうして魔術の勉強をしていたんだ？」

「…………」

俺の質問を受けたデイトリは、一瞬、気まずそうに視線を逸《そ》らすが、やがて覚悟を決めたかのように真っ直ぐな視線を俺に向ける。

「実はウチの夢はな。冒険者になることなんよ」


なるほど。

そういう事情があったのか。

この時代の冒険者とは、クエストと呼ばれる仕事を引き受けて達成することで生計を立てる職業の総称だ。

冒険者の仕事は命の危険を伴《ともな》う替わりに、能力に応じて、破格の報酬《ほうしゅう》を得ることもあるらしい。

魔術に秀でた人間ならば、誰しもが一度は考える進路の一つだろう。


「えへへ。アベルくんはウチの夢を聞いても笑わないんやね」

「別に笑わないさ。生憎《あいにく》と俺は人の夢を笑えるほど立派な人生を歩んでいないのでな」

ただ、彼女の目指す道は、大きな障害が付き纏《まと》うことになるだろう。

冒険者とは本来、俺のように、他に行く当てのない、ならず者が目指す道である。

デイトナのような箱入り娘が、冒険者を目指すと公言すれば、周囲の人間の反対は必至だろう。

異変が起きたのは、そんなことを考えていた直後のことであった。

「助けて！　ひったくりよ！」

昼下がりの平和な街の中に物騒な言葉が響き渡る。

何かと思って視線を移すと、そこにいたのはハッグを抱えて走る人相の悪い男であった。

知らない顔だな。

薄汚れた服装と容姿から、男が同業の人間であることが窺《うかが》える。

隣の地区の連中か。

俺たち地下の住人が縄張りとするエリアで盗みを働くとは良い度胸である。

「大変や！　助けに行かんと！」

デイトナはこう言っているが、あの程度の相手を足止めするのに、わざわざ席を立つまでもないだろう。
やれやれ。
よりにもよって、俺が外に出ている間に盗みを働くとは、運のない男である。

「付与魔術発動《摩擦力低下》」

そこで俺が使用したのは、付与魔術の《摩擦力低下》であった。
対象となるのは、男の逃げ道となっている地面の上である。

「ぬおっ⁉」

摩擦力を失った地面の上を通過した男は、足を滑らせることになった。
糸の切れたタコのようにコントロールを失った男の体は、ツルツルと地面を滑り続ける。

ドガッ！

ドガシャアアアアアアアアアアァァァァン！

その結果、男の体は露店の一つに激突することになった。

「おい！　捕まえろ！」

「まったく、こんな何もないところで派手に転びやがって。間抜けな泥棒もいたもんだな」

ふう。

これに懲《こ》りたらもう他者の縄張りを荒らすのはやめることだな。

街の人間たちに取り囲まれた盗人《ぬすっと》は、無事に取り押さえられて、連行されていくことになる。

「アベルくん……！　今の魔術……!?」

この女、気付いていたのか。

面倒なことになった。

やはりデイトナは、魔術の才能において非凡なものがあるのだろう。

俺が周囲に気付かれないように偽装した魔術をこうもアッサリと見破るとは、勘の鋭いやつである。

「長居をし過ぎた。邪魔したな」

俺はコーヒーカップをテーブルの上に置くと、足取りを早くして席を後にする。

「ねえ。ウチら、また会えるよね!?」

心なしか名残惜《なごりお》しそうな声音《こわね》でデイトナは言う。

「ああ。そうだな」

無論、嘘である。

俺たちは互いのためにも、これ以上は会わない方が良いだろう。

勘の鋭い、この女のことだ。

このまま友人としての関係を続けていれば、そう遠くないうちに俺の正体についても看破する時が来るだろう。

「なあ。おい。アソコにいる男、例の《黒猫》に似ていないか？」

「バカを言うな。お嬢さまが、そんな危険な男を連れてるはずがないだろう」

事実、街を通る何人かの人間たちは、既に俺が地下の住人であることを勘ぐっているようである。

やれやれ。

世間知らずのお嬢さまに近づいて、利用してやるつもりだったのだが、そう上手《うま》くはいかないみたいだな。

元より、俺たちは、生まれついた環境が違い過ぎたのだろう。

〰〰〰〰〰〰〰〰〰〰〰〰〰〰

雲の月の灯りが、うっすら街を照らしている。

それは俺がデイトナと出会ってから数日後のことであった。

陽が暮れて、いつもの場所に集まった俺たちは、建物の屋上から露店通りの様子を観察していた。

「久しぶりの仕事、楽しみですねぇ。オヤブン！」

俺の隣で、前歯の欠けた口を開いて笑うのは、馴染《なじ》みのあるソバカス顔の男、リックである。

「ねえねえ。リック。アタシ、お腹空いた……」

「ボクも！　ボクも！　昨日から何も食べてないんだよ！」

夕食の時間を待ち切れなかったのだろうか。

屋上にはいつものの仕事メンバーの他に年端もいかない子供たちも集まっていた。

「大丈夫！　兄ちゃんたちが、食べ物をいっぱい持ち帰ってやるからよ！　安心して待っていてくれよ！」

前回の食糧調達の際は、トラブルもあって、十分な量を確保することができなかったからな。
貯蔵庫の中は数日前から、空《から》っぽになってしまっている。
食べ盛りの子供たちには、少し悪いことをしてしまったかもしれない。

「ニシシシシッ！　今日もたくさんあるみたいだぜ。売れ残りのお宝が！」

双眼鏡を片手に露店の様子を窺っているリックは、既に目の前の獲物を手に入れたかのような気でいるようであった。

「気を付けた方がいい。今夜は今まで以上に警備の人間が多いようだからな」

そう何度も簡単に食糧を調達させてくれるほど、大人たちも甘くはないみたいである。

露店通りの裏路地には、それぞれ武器を持った人間たちが待ち構えている気配を感じとることができた。

「へへっ。心配いらねーッスよ。オヤブン！　オイラたちも日々、鍛えていますからね！　楽勝だぜ！」


たしかに、だ。

警備の人間たちが多少増えたところで、俺たちを捕まえることは難しい気がする。

だが、この違和感はなんだ。

万全の準備を整えているはずなのに、何か大切なことを見落としているような――。

そんな嫌な予感を拭《ぬぐ》うことができないでいた。

「行くぞ！　野郎ども！」

「「「あいあいさー！」」」

リックの掛け声と共に子供たちは、一斉に仕事の準備を整えていくことになる。

各々《おのおの》が、覚えたての身体強化の魔術を発動して、蜘蛛《くも》の子を散らすように暗闇の中に飛び込んでいく。

目指すは、露店通りにある食料品店だ。

さて。

ここで気になってくるのは、今夜も用心棒として動いている可能性があるデイトナの様子である。

幼い頃から魔術の鍛錬に打ち込んでいたというデイトナの力は、同年代の中では特出している。

もしも彼女が今夜も警備に当たっているようであれば、俺のサポートが必要なタイミングがくることになりそうだ。


「見つけたでー！　泥棒ども！」


などということを考えていた矢先である。

凛《りん》とした少女の声が夜の街に響く。

声のした方に視線を移すと、見覚えのある青髪の女が窓の外から露店通りの様子を眺めているところであった。

「観念しーや！　今日こそ、捕まえたるで！」

魔導書を片手に狙いを定めるデイトナは、見るからにヤル気満々といった感じであった。

「ゲェッ！　またあの姉ちゃんかよ！」

遅れてリックたちもデイトナの存在に気付いたようだ。

だが、この状況は俺にとっても想定の範囲内のものである。

こういう事態が訪れても、滞《とどこお》りなく各自役割を果たせるように、俺は事前に作戦を伝えておいたのだった。

「総員！　逃げるが勝ちだ！　あの女はヤバイって、アベルさんが言っていたぜ！」

「「了解！」」

リックの指示を受けた子供たちは、それぞれバラバラになって裏路地に向かって逃げていく。

そうだ。

それでいい。

いかにデイトナが優れた魔術師の卵であったとしても関係がない。

暗闇の中での逃げ足の速さならば、俺たちの方に圧倒的に分があるというものだろう。


「あっ！　コラ！　逃げるな！」


射程範囲外に逃げる子供たちに反応したデイトナは、大きく窓の外に身を乗り出していく。

と、そこで少し予想外のことが起こった。

フワリッ！

突如としてデイトナのスカートが風を孕《はら》んで、地面に吸い込まれるようにして落下していく。

目の前で何が起きているのかは直ぐに分かった。

身を乗り出したデイトナの体が窓の外に放り出されることになったのである。

「あ……れ……!?」


面倒なことになった。

碧眼《へきがん》属性の魔術に関しては、非凡な才能を持ったデイトナであるが、身体強化魔術に関しては、まったく修練を積んでいない状態だったらしい。

このまま頭から落下すれば、命を落とすことになるかもしれない。

身体強化魔術発動――脚力強化。

そう判断した俺は、身体強化魔術を駆使して救助に向かうことにした。


「よっと」


間一髪《かんいっぱつ》のタイミングであった。

俺は寸前のところでデイトナの体を抱きかかえて、落下の衝撃を回避することに成功する。


「～～～～～っ！」

突如として抱きかかえられることになったデイトナは、何がなんだか分からないと言った面《おも》持《も》ちで唖然《あぜん》としているようであった。

だが、咄嗟《とっさ》に仮面を付けた俺の姿を目にするなり、次第に平常心を取り戻していくことになる。

「なっ。ななななっ……!?」

露店を荒らす商売敵に助けられたことが、よほどショックだったのだろう。

自ら置かれた状況を察したデイトナは、ちょっとしたパニック状態に陥《おちい》っているようであった。

「ちょっ！　何をするんっ！　泥棒に助けられる筋合いはないわ！」

ふむ。この女、単なる箱入り娘と思いきや、なかなかの腕力である。

腕の中で暴れようとするデイトナをなだめようとした時、俺にとって更に不幸な出来事が起こった。

ハラリッ。

抵抗するデイトナの手が当たり、変装用に装着していた仮面が地面の上に落下することになったのである。

「えっ……!?　キミは……!?」

やれやれ。

事の成り行きとはいえ、益々ややこしいことになってしまった。

やはり人助けなどするものではないな。

悪人は悪人らしく、あのまま見殺しにするべきだったのだろう。

「おい！　あっちに二匹、ネズミがいるぞ！」

「チクショウ！　舐《な》めやがって！　今日こそはとっちめてやる！」

どうやら悠長《ゆうちょう》に事情を説明していられる余裕はなさそうである。

地下の住人である俺と、大商人の娘であるデイトナが会っているのを見つけられると、あら

ぬ疑いをかけられることになるかもしれない。

「悪いが、暫《しばら》く俺に付き合ってもらうぞ」

「えっ……。それって……。キャッ……！」

俺は追っ手の大人たちを撒《ま》くため、身体強化魔術を駆使して、地面を蹴《け》る。

魔術を覚えたての子供を捕まえることができない大人たちが、俺の後を追うことは不可能だ。

警備の大人たちは、月に手を伸ばしたまま唖然としているようであった。

「な、なんだよ！　あのガキ!?」

「空を……飛んでいるだと……!?」


空を飛ぶ、か。

やっていることは灰眼属性の魔術で体重を軽くして、風の魔術で跳躍力を向上させているだけなのだけどな。

魔術に疎《うと》い人間には、空を飛んでいるようにも見えてしまうのだろう。

「アベルくん……。何か理由があるんだよね……？」

俺の腕に抱えられたデイトナが不安そうな眼差《まなざ》しで尋ねてくる。

やれやれ。

食糧を調達するつもりが、面倒なものを持ち帰ることになってしまったな。

今日はいつもよりも、少し長い夜になりそうだ。

～～～～～～～～～～～～～～～～

それから。

ひょんなことから夜の街でデイトナに遭遇《そうぐう》した俺は、彼女のことを地下に避難させることにした。

「凄《すご》い……！　こんな場所があったんや……！」

初めて地下を訪れたデイトナは、キョロキョロと物珍しそうに周囲を見渡していた。

デイトナが驚くのも無理はない。

曰《いわ》く。

俺たちの住んでいる地下の空間は、単なる下水処理場というわけではなく、元々は王族たちが戦争の際に造った避難施設として使用されていたものらしい。

複雑に入り組んでいる通路と下水の臭《にお》いにさえ慣れてしまえば、それなりに生活しやすい空間であった。

「……外の騒ぎが収まるまで、この部屋で待機する。逃げ出したければ勝手にそうしてくれ」

地下の角をカーテンで区切った空間は、俺が寝泊まりをしている部屋である。

非常事態で仕方がなかったとはいえ、外部の人間をここに招き入れるのは初めてのことであった。

「へえ。ここがアベルくんの部屋なんや！　ウチ、男の子の部屋に入るの、初めてや！」

やれやれ。

こんな状況にもかかわらず、呑気《のんき》な女である。

俺の部屋に足を踏み入れたデイトナは眼を輝かせて、テンションを上げているようであった。

「男の子の部屋の割には、片付いているんやね。もしかしてアベルくんって、凄いキレイ好きだったり……？」

なかなか気の利《き》いた皮肉を言ってくれる。

綺麗《きれい》好きの人間が、下水の流れる地下に住むものか。

部屋の整理が行き届いているように見えるのは、単に所有物が少ないというだけだろう。

「ねえ。もしかすると、この魔術式はアベルくんが……!?」

やがてデイトナの興味は、俺の部屋の壁に描いた魔術式に移り変わっているようであった。

「ああ。そこにあるのは、だいぶ前に描いたやつだけどな」

残念ながら俺は、彼女のように自由に紙を買うことができるだけの財力がないのでな。

地下の壁に石を打ち付けて傷を付けることによって、ノート替わりに利用していたのである。

「えっ。もしかして、ここにあるの全部が……!?」

魔術式を観察していたデイトナが、遅れて何かに気付いたらしい。

壁に描いた魔術式はカーテンの遥《はる》か向こう側、百メートルくらいまでは続いている。

この地下の壁は、俺にとっては壮大なキャンバスのようなものだったのだ。

「こんなの……。誰も敵《かな》いっこない……。何を描いているかなんて、これっぽっちも分からないけど、キミが途方もない才能を持っていることだけは分かるよ……」

やれやれ。

大袈裟《おおげさ》なリアクションをする奴である。

だが、同年代のデイトナが驚くのも当然の話なのかもしれない。

それというのも俺は、国内有数の魔術師であった先生の傍で、魔術の研究の手伝いをしていたわけだからな。

熟練の魔術師から見るならばともかくとして、同世代の子供たちにとっては遥かに高い場所にいるようにも見えるのだろう。

「ねえ。聞いても良い？」

静かに、だが、有無を言わさない口調でデイトナは言った。

「どうして店の商品を盗《と》ったりしたの？」

答え方によっては、たとえ、恩人であろうとも容赦《ようしゃ》はしない。

彼女の眼には、そんな強い意志の色が垣間《かいまみ》見えるかのようであった。

「生きていくために必要なものだったからだ。それ以上の理由があると思うか？」

この地下で生活してきた子供たちは大きく分けて三つのパターンに分類される。

それ即《すなわ》ち、親に捨てられた人間、親を亡くした人間、親から逃げ出してきた人間、である。

この世界は、弱者が手を汚さずに生きていけるほど甘くはない。

その事実は、俺の生きてきた、たった十数年という時間でも、十分に理解できるものであった。


「分からないよ」

「元より理解してもらおうとは思っていない。恵まれた人間には、貧者の立場は分からないだろうからな」

「アベルくんたちがやっていることは、悪いことなんよ……?」

「飢えて死ぬことが正義だというのであれば、従わない方が得策だな」


これ以上は何を言っても時間の無駄だろう。

最初から分かっていたことだ。

人は対極の位置にある人間の立場を想像して、理解できるほど賢くは作られていないのだ。

「ううう～！」

不機嫌そうに頬《ほお》を膨《ふく》らませたデイトナは、不服そうな眼差しで俺のことを睨《にら》みつけてくる。

ふむ。この様子だとデイトナは説得を諦めてはいないようだな。

「とにかく！　ウチの眼が青いうちは、アベルくんに泥棒なんてさせはしないで！」

声高に叫んだデイトナは、カーテンを引いて俺の部屋を後にする。

「んぎゃあああああああ⁉」

なんなのだ。

急に大きな声を出して。

何事かと思って、様子を覗《のぞ》いてみると、そこにいたのは腰を抜かして地面に尻餅《しりもち》をつくデイトナの姿であった。

「えっ……？　ナニコレ……？　めっちゃデカイ……！」

ネズミの群れに遭遇《そうぐう》したのか。
おそらく外の世界の人間にとって、ここに生息するネズミは、物珍しいものだったのだろう。
栄養豊富な生活排水が集まる地下のネズミは、ブクブクと肥《こ》えた個体が多かったのである。
やれやれ。
威勢良く啖呵《たんか》を切った直後だというのに情けのない奴である。

「助けが必要か？」

暫《しばら》く起き上がる気配がないので、尻餅をついたデイトナに手を差し伸べてやる。

「け、結構や！」

どうやら俺の行動は、彼女のプライドを傷つけるものだったらしい。
顔を赤くしたデイトナは、スカートに付着した埃《ほこり》を手で払うと、ひとまず地下の世界を後にするのであった。

〜〜〜〜〜〜〜〜〜〜〜〜〜〜〜〜


一方、その頃。

ここはアベルたちの生活区域である外側から、大きな壁を隔《へだ》てた場所にある王都の中央区画である。

王都の中でも取り分け整備された中央区画は、一部の金持ちと貴族が居住する場所であった。

そんな中央区画の中でも一際《ひときわ》、煌《きら》びやかな建物の中に入る正装をした男がいた。

デイトナの父、スレアである。

スレアが大商人として、幅を利《き》かせることができるのは、あくまで壁の外の貧困地区の中の話であった。

世はまさに弱肉強食の時代である。

商売の世界においても、また、強者が弱者から搾取《さくしゅ》をする構造が常態化していたのだった。

「貴様ァ……！　よくもまあ、この売上でワシに顔向けできたものだな……！」

スレアを前に怒りを爆発させるのは、短足胴長のブクブクと肥えた男である。

男の名前は、バクラジャと言った。

バクラジャの手にはスレアから受け取った報告書が握られている。

中央区画で商売をしている人間の中に彼の名前を知らない人間はいない。

東の島国との貿易によって多額の富を築いたバクラジャの一族は、この王都で、貴族すらも凌駕《りょうが》する権力を身に着けていたのだった。

「先月も、先々月もだ！　どんどん売上が下がり続けているではないか！　これは一体どういうことなのだ⁉」

スレアが外区画での商売において、リーダーシップを取っていたのは遥《はる》か過去の話である。

より巨大な資本力があるバクラジャ商会の中に取り込まれることになったスレアは、下請けとしての立場を甘んじるようになっていたのだった。

「……力及ばず、申し訳ございません。ワタシどもの商売は、中央のようには予測が立てづらいところがありまして」

膝をついたスレアは、バクラジャの元に深々と頭を下げる。

頭を下げているので周囲のものからは確認することができないが、その表情は無念と屈辱《くつじょく》の感情に歪んでいた。

「ふんっ。まだ例のネズミどもに手を焼いておったのか」

このところスレア商会にとっての悩みの種になっていたのは、アベルたち地下の住人による窃盗《せっとう》被害であった。

当初は子供のやることだと大目に見ていた部分もあったのだが、今となっては被害の規模は全体の売上に影響を与えるほどになっている。

それというのもアベルという優秀なリーダーの噂《うわさ》を聞きつけた子供たちが、次々と地下を訪れるようになっていき――。

ネズミ算式に勢力を拡大させていったからである。

「ワシの貸した兵はどうした？　いつまでガキどもに時間をかけているつもりだ！」

「彼らはよくやってくれています。しかし、子供たちの中に一人、魔術に長《た》けた切れ者がいまして……。なかなか尻尾《しっぽ》を掴《つか》ませてはくれないのです……」

その人物は、子供たちにとって絶体絶命の窮地《きゅうち》の度《たび》に登場しては、鮮やかな魔術を使い、問題を解決していた。

少年について分かっていることは少ない。

知り得ている情報としては、この辺りでは珍しい黒色の髪の毛と、猫のように俊敏な動きを見せるということくらいであった。

商人たちはいつしか、正体不明の謎の魔術師を『黒猫』と呼んで、恐れるようになっていたのである。

「ふんっ。貴様のことだ！　どうせガキを相手に余計な情けをかけて、手をこまねいているのだろう？」

本当に『情け』が原因であるならば、どんなに気が楽だったのだろうか。

既にアベルたち地下の勢力は、大の大人たちが武器を構えて殺すつもりで挑んだところで歯《し》牙《が》にもかけないほどの戦力を有していたのである。

「もういい！　役立たずの無能が！　後のことはワシがやる！」

「……どうするつもりですか？　彼らは手強《てごわ》いですよ」

「知れたことよ。ちょうど最近、とびきりのコネが手に入ったのでのう……」

派手な柄の扇子《せんす》を開いたバクラジャは、金色の差し歯を零《こぼ》して笑みを浮かべる。

「ネズミの駆除《くじょ》には、その道のプロに依頼することにするわい」

いかに子供たちが力を付けていたところで関係がない。
これから雇うのは、正真正銘《しょうしんしょうめい》、闇の世界を生き抜いた戦闘のプロである。
アベルたちの与《あずか》り知らない水面下で、今、不穏な勢力が動き出そうとしていた。

〜〜〜〜〜〜〜〜〜〜〜〜〜〜


それから数日後。

次に俺が彼女と遭遇《そうぐう》したのは、蒸し暑い早朝のことであった。

「アベルくんー！　いるんやろー？　出てきてやー！」

部屋の外から元気に声をかけてくるのは、俺にとって見知った人物であった。

だが、タイミングが悪かったな。

昨夜は遅くまで魔術の研究に没頭してしまって、寝不足気味なのだ。

事前に約束を取り決めたわけでもないし、俺が彼女の声に応える義理はないだろう。

「わぁ！　アベルくんってば、睫毛《まつげ》長っ⁉」

などということを考えていた矢先である。

床の上に作った簡易ベッドの上にモゾモゾと忍び寄る人の気配があった。

「前から思っていたけど、整った顔をしているんやな。こりゃぁ、将来はえらい色男になるで……！」

まったく、我ながら厄介《やっかい》な相手に住処《すみか》を知られてしまったな。

面倒なことにならないうちに、寝床を別の場所に移した方が良いのかもしれない。

「……なんだ。こんな朝早くから」

眠気を押し殺しながら、重たい瞼《まぶた》を開く。

おそらく外出を意識してのことなのだろう。

今日のデイトナは普段のような、お嬢さまっぽい服装ではなく、長袖《ながそで》にサンダル、それから、麦わら帽子というラフな格好をしていた。

「わわわっ！　お、起きているなら返事をしてや！　ビックリするやんか！」

やれやれ。

朝早くから無断で部屋に入ってこられて、どちらかというと驚きたいのは、俺の方なのだけれどな。

ツッコミを入れるのも疲れるので、あえてそこには触れないでおくことにしよう。

「で、俺に一体何の用だ？」

一応、話は聞いておくが、あまり気は進まないな。

地下の住人である俺と大商人の娘であるコイツは、どう足掻《あが》いても敵対関係にあるのだ。

互いのためにも、深入りしない方が身のためだ。

それくらいのことはコイツだって、とっくに気付いていると思うのだが。

「いいから！　何も言わんとウチについてきてほしい！」

言うが早いかデイトナは俺の体に跨《また》がると、強引に手を取ってベッドから引き起こしてくる。

「今日はアベルくんに教えたい場所があるんや！」

詳しい事情は分からないが、どうやら俺に拒否権はないらしい。

やれやれ。

相変わらずに人の言葉を聞かないやつである。

「別に構わないが、まずは人の体に跨るのを止めてもらえるか」

「あっ……！」

色々と面倒ではあるが、仕方がない。

適当にあしらっておけば、そのうちコイツも飽きてくるだろう。

そう判断した俺は重い腰を上げて、渋々と同行を決意するのであった。

～～～～～～～～～～～～～～～

でだ。

デイトナに案内されて向かった先は、今まであまり立ち寄ったことのない港の方角であった。

【関係者以外、立ち入り禁止】

潮風で錆《さ》びた建物が立ち並んだ場所には、そんな不穏な看板が置かれていた。

「着いたで。この先に見せたかった場所があるんや」

そう言ってデイトナが指さした先にあったのは、ちょうど子供が一人くらい通れるだけの小さな穴が空いているフェンスであった。

おもむろに身を屈めたデイトナは、平然と穴を潜ってフェンスを通り抜けていく。

「おい。こんな場所に入って、本当に大丈夫なんだろうな?」

街を代表する大商人の娘であるコイツならば、大目に見てもらえる部分もあるだろうが、何の後ろ盾も持たない俺に関しては話が別である。

もしも捕まった場合は、半殺しにされても文句は言えないだろう。

「大丈夫や！　漁港のおじちゃんたちは大体、友達やから！」

一体、何が大丈夫なのかは分からないが、仕方がない。

今日はとことんコイツに付き合うと決めたのだ。

万が一、誰かに追われることになっても、直ぐに逃げられるようにしておけば問題ないだろう。

「この景色！　凄《すご》いやろ！」

ニコリと笑った少女の先にあったのは、水平線の彼方《かなた》まで広がる、エメラルドグリーンの光景であった。

潮風がフワリとスカートを持ち上げ、燦々《さんさん》と降り注ぐ日差しが少女の体を照らしている。

海、か。

もちろん知識としては知っていたが、こうして改まって、大海原《おおうなばら》を眺めるのは初めてな気がするな。

「呆《あき》れたな。こんなものを見せるために俺を呼び出したのか」

「ふふふ。ウチを甘く見てもらっては困るで。キレイな景色では、腹は膨《ふく》れへん。あくまでコレはついでやわ」

意味深な言葉を残したデイトナは、軽やかな足取りで、岸際に留めていた船に飛び乗った。

「よいしょっと。たしか、この辺りに……」

やがて船の荷物置き場を物色したデイトナは、中から二本の棒状の物体を拾い上げる。

ふむ。以前に本で読んだことがある。

この道具は、釣り竿《ざお》というやつだろう。

主に海中を泳いでいる魚を釣り上げるために使用されているものである。

「はい。これはアベルくんの分！」

そう言ってデイトナは俺に向かって釣り竿を投げ渡す。
長さは二メートルに満たないくらいだろうか。
柄の部分が黒ずんでいることから察するに、相応に使い込まれているものなのだろう。

「これはなんの真似《まね》だ……？」
「ふふふ。実はここで釣った魚は、漁師の人に買い取ってもらえるんよ。たくさん釣れれば、アベルくんの生活も楽になるかな、と思うて」

なるほど。
仕事を与えれば、俺がこれ以上、盗みを働くことがないと考えたわけか。
狙いとしては悪くないと思うが、条件が悪かったな。
地下で生活をしている人間の数は、今となっては五十人を越えているのだ。
子供二人が釣った魚で、食い扶持《ぶち》を賄《まかな》うことは不可能だろう。

「だいたい、こういうのは、漁業権が設定されているはずだ。勝手に海から獲るのは、お前が嫌う盗みと変わらないぞ」

子供の俺でも、常識として身に着けている知識だ。
海産物を獲って商売するには、漁協に上納金を納めて、漁業権を取得する必要がある。
この広くてキレイな海ですらも、既に大人たちの欲望によって汚れてしまっているのだ。

「大丈夫。許可はもらっているから！　ねっ。オッチャン！」

振り返ったデイトナは、海から持ち帰ったと思《おぼ》しき海藻を干している最中の漁師の男に手を振った。

「いいんじゃよ。デイちゃんの頼みだから」

グッと親指を立てた初老の男は、ハニかんでいるようであった。
む。そう言えば、この漁港で働く人間たちの大半と知り合いだとか先程言っていたな。

本人も狙ってやってのことなのだろうか？

おそらくデイトナは、この漁港の男たちに孫娘のように可愛《かわい》がられているのだろう。

そういう事情があるのならば、釣った魚で小銭を稼《かせ》ぐくらいの行為は黙認されているのかもしれない。


「ふふふーん。ちょろっと愛想、振りまいておくだけで、なんでも言うこと聞いてくれるんだからオッチャンたちはチョロいな〜♪」


どうやら打算アリアリのようであった。

まったく、女という生き物はおそろしい。

生まれつき不愛想な俺には、天地がひっくり返っても無理な芸当である。


「手本を見せたるから、よく見とき！」


そう言ってデイトナは怪しげな木箱の蓋《ふた》を開く。

おそらく釣りエサとして利用するつもりなのだろう。

中から出てきたのは、ウネウネと体をくねらせる細長い形をした生物であった。

昔、図鑑で読んだことがある。

あれはたしか、イソメと呼ばれている多毛類の生物だ。

「こうやって虫が口を開けた瞬間に針を通すのがコツやねん」

グロテスクなイソメに臆することなく針を通したデイトナは、スカートが汚れることを気にせずに地面の上に腰を下ろす。

それから。

海の中にエサを投入してから数秒後。

思っていたよりも早くに反応はあった。

半月の形に撓《たわ》んだ竿先は、ピクピクと小気味好く魚の気配を伝えていた。

「あちゃ〜。これはハズレやな」

釣り上がった魚を見るなりデイトナは、深々と溜息を吐く。

「これは、なんという魚なんだ？」

「ウミタナゴっちゅー魚やな。食べれへんことはないけど、売っても二束三文《にそくさんもん》にしかならへんで。外見だけはタイに似ているから、釣り人をぬか喜びさせる罪な魚や」

上顎《うわあご》に刺さった針を抜いたデイトナは、釣れた魚を海の中に放り投げる。

自由を得た魚は元気良く、海の深くに向かって泳いでいるようだった。

「俺もやってみても良いか？」

「もちろんや！　そのためにアベルくんを連れてきたんやから」

せっかくの機会だ。

魚を得た資金で子供たちの生活費を賄うのは難しいだろうが、上手《うま》くいけば魔術の研究のために必要な紙を買う資金くらいは稼げるかもしれない。

俺もデイトナの動きを真似《まね》して、釣ってみることにしよう。

〜〜〜〜〜〜〜〜〜〜〜〜〜〜


それから十分後。

どうやらこの湾内は、思った以上に多くの魚たちが生息しているらしい。

海の中に針を落とすと、瞬く間にエサが食われていくのが分かった。


「ん。何か釣れたみたいだ」

「おお〜！　やったやん!?」


最初に俺が釣り上げたのは、平らなフォルムと尖った口が特徴的な魚であった。

これはなんという魚なのだろう。

外見はお世辞《せじ》にも良いとは言えないが、サイズだけはなかなかに立派なものである。

「立派なハゲや！　これは売ったら結構な額になるで！」

これは後で知ったことなのだがハゲとは、カワハギという魚の別名称らしい。

この辺りの釣り場で獲れる魚の中では、高級魚として群を抜いているとか。

ふむ。

高級魚と聞くと間の抜けた面構《つらがま》えも、なんだか味があるように見えてくるから不思議なものである。

だが、調子が良かったのは、ここまでだった。

エサだけは凄《すさ》まじい勢いで取られていくのだが、肝心《かんじん》の魚がなかなか針に掛かってこない。

どことなく、魚たちは、エサの中に仕込んだ針を警戒しているようであった。

「なあ。釣り以外の方法で魚を獲るのっていうのはアリなのか？」

「いや～。正直、それは厳しいで。網《あみ》で掬《すく》えるもんとちゃうし」

どうやら、何か勘違いしているようだ。

たしかに堤防の上から魚を網で掬うのは、よほど何か工夫《くふう》を凝《こ》らさない限りは難しいだろう。

「違う。魔術を使った方が楽に獲れるという意味だ」

「えっ？　そんなことができるん？」

こういうのは口で説明するよりも実際に見せるのが手っ取り早いだろう。

そう考えた俺は、碧眼《へきがん》属性の魔術を使って、目の前の潮の流れを変えてみることにした。


ザザッ！

ザザザザアアアアァァァァ！


俺が魔術を構築した次の瞬間。

渦巻《うずまき》の形に変化した潮の流れは、周囲にいた魚を取り込んでいき、たちどころに勢いを増していくことになる。

碧眼属性の魔術は、水や、氷を生み出すことだけが使い道とは限らない。

慣れてくれば、雨や、海水までも操ることができるようになるのである。

ふう。

これで足元にいる魚の大部分は、渦の中に閉じ込められたようだな。

後は堤防に向かって、水流を押し出してやれば、閉じ込めた魚を捕まえることができるだろう。

タイミング良く潮の流れを変化させてやると、渦潮の中に閉じ込めていた魚たちは、遥《はる》か上空に舞い上がっていく。

「な、なんやこれは――!?」

さながらそれは、魚の雨、といったところだろうか。

後は値打ちの付く魚だけを選んで、他の魚を海に返してやれば、効率良く魚を獲ることができるだろう。

「凄《すご》い……！　アベルくん、めっちゃ、凄い……！　今の魔術って、どうやってやるん!?」

俺の使用した魔術に、よほど関心を抱いたのだろうか。

それからというものデイトナは、心なしかキラキラとした尊敬の眼差《まなざ》しを向けるようになっていた。

〜〜〜〜〜〜〜〜〜〜〜〜〜〜〜


ピチピチと魚が飛び跳ね、堤防の上の水たまりを広げている。

獲れた魚のうち金銭的な価値がありそうなものだけを選別した俺たちは、獲物の整理を行うことにした。

「ひぃ。ふう。みぃ。うーん、たくさん獲れたなー！」

どこからともなく持ち出したソロバンを弾いて金勘定をしているようであった。

「たぶんやけど、これだけの量があったら四〇〇〇コルくらいにはなると思うで」

「…………!?」

少し驚いたな。

四〇〇〇コルというと、この世界の底辺労働者の五日分の稼ぎに相当することになる。

切り詰めて生活をすれば、一月分の食費くらいにはなる気がする。

「ちょっと待ってな！　今からオッチャンたちと交渉してくるから！」

力強く握り拳を作ったデイトナは、魚の入った袋を片手に、知らない建物の中に消えていく。


～～～～～～～～～～～～～～～


それから十分後。

交渉を済ませたデイトナが笑みを浮かべて戻ってくる。

どうやら交渉は上手くいったようだ。

足取りを軽くして戻ってきたデイトナは、今日一番の笑顔を浮かべていた。

「いやー！　ウチってば、やっぱり商売の才能があるわ！　というわけで、はいこれ！　今日の分のお給料！」

そう言ってデイトナが手渡してきたのは、予想していたよりも少しだけ多い額の金であった。

「……有り難く受け取っておく。だが、稼いだ額は折半《せっぱん》で良い」

俺は受け取った報酬《ほうしゅう》のうちの半分に相当する額をデイトナに返す。

分かっている。

相手の厚意に素直に甘えておくのが、賢い生き方であるということくらい。

だが、生憎《あいにく》と俺はそういう器用な生き方ができるタイプではないのでな。

他人から施《ほどこ》しを受けるようなことは、極力したくはないのである。

「えええー。ウチには気を遣わなくて良いのに！」

おそらく俺が素直に報酬を受け取らないことを予想していたのだろうか。

俺の言葉を受けたデイトナは、何処《どこ》か含みのある表情を浮かべていた。

「ああ。その代わり『次』の仕事も紹介してくれよ」

「…………！」

俺の言葉の意図することに気付いたのだろう。
鼻息を一つ、ポンと胸に手を当てたデイトナは嬉しそうにニコリと笑う。

「任せとき！　ウチがアベルくんを大金持ちにしたるから！」

大金持ち、か。
俺にとっては途方もない話であるが、たしかに僅《わず》か一時間もしないうちに、これだけの額を稼げるのであれば、今より生活の質は改善されることになるだろう。
あるいはそれもコイツの策略のうちか。
おそらくデイトナは、俺に仕事を与えることによって、盗みから卒業させようと試みていたのだろう。

「えへへ。楽しみやなぁ。アベルくんと出かけるの」

なんていうのは、少し考えすぎか。

コイツの無邪気な表情を見ていると、何を考えて行動しているのか、少し分からなくなってくる。

とにかくまぁ、そんなわけで。

この日を境にして俺は、デイトナに連れられて、仕事に出るようになるのだった。

〜〜〜〜〜〜〜〜〜〜〜〜〜〜〜

それから。

俺がデイトナと一緒に仕事に出るようになってから、二週間の月日が経過しようとしていた。

最初に行った魚を売る仕事は定期的に行っているものの、頻度《ひんど》の方は抑えている。

それというのも、あまり荒稼ぎすると、本業の漁師たちに目を付けられることになるというアドバイスを受けたからである。

『出る杭《くい》は打たれる。勝ち過ぎないことが、長く商売を続けるためのコツなんよ』

というのは、以前にデイトナが聞かせてくれた商売哲学の一つである。

流石《さすが》は大商人の娘、といったところだろうか。

たしかにデイトナの言うことは、的《まと》を射《い》ているように思える。

部外者である俺たちが度を超えた乱獲を繰り返せば、周囲からの反感を買うことは必至だろう。

素人目《しろうとめ》の俺から見ても、デイトナには商売のセンスがあるように思えた。

「今日の仕事は、めっちゃ羽振りが良いんやで！　頑張ってや！」

俺たちの仕事のやり方は至ってシンプルなものである。

デイトナが困っている人間を探して、俺が魔術を使って解決をする。

眼からウロコというのは、こういう状況のことをさすのだろうな。

俺にとってはなんてことのない作業であっても、これが魚を売るよりも、ずっと効率的に金を稼ぐことができた。

「着いたで！　ここが今日の依頼人の家や！」

そう言ってデイトナが案内してくれたのは、街の郊外に建てられた豪勢な一戸建てであった。

なるほど。

今までの依頼人たちも、それなりに裕福そうな家が多かったが、今回はそれに輪をかけているようである。

「あら。デイちゃん。いらっしゃい」

家のベルを鳴らすこと数十秒後。

木造の扉の中から現れたのは、恰幅《かっぷく》の良い体軀《たいく》の中年女性であった。

「デイちゃん。そっちの坊やは……」

「紹介するわ！　こっちが前に言っていたアベルくん。どうや！　よく見ると、なかなかの男前やろ！」

冗談っぽく笑うデイトナとは対照的に、依頼人の表情は晴れなかった。

「本当に大丈夫なのかい？　その子の眼……」

ふうむ。

また、このパターンか。

俺にとっては既に見飽きた反応である。

無論、全ての仕事が順調にいくわけではなかった。

依頼人たちの中には琥珀眼《こはくがん》に対して、根強い敵対意識を持った人間も多かったのだ。

「大丈夫やって。オバチャン！　アベルくんは、こう見えて優しい男の子なんよ！」

「そ、そうかい。デイちゃんがそこまで言うなら、まあ話くらいは聞いてもらおうかねえ……」

だが、俺に対する不信感を払拭《ふっしょく》できるだけの人望がデイトナにはあった。

こうして俺たちは、順調に仕事を回していくことに成功してきたのである。

〜〜〜〜〜〜〜〜〜〜〜〜〜〜〜

それから。

依頼人の家で軽く仕事内容の説明を受けた俺たちは、更に詳しい状況を知るために問題の起きた現場に赴《おもむ》くことにした。

「見てごらんよ。酷《ひど》いもんだろう？」

依頼人の女が指さした先にあったのは、直径二メートルを超えようかという巨大な岩石であった。

話によると地震による衝撃で、近くにあった切り立った崖《がけ》の上から落ちたようである。

「あんな大きなのが畑の真ん中にあっちゃ、こちとら商売上がったりだよ！　そっちの坊やは魔術が得意なんだろ？　なんとかしておくれよ」

未だに嫌悪感を隠さない表情で女は告げる。

やれやれ。

人にものを頼んでいるというのに横柄《おうへい》な態度である。

だが、間違っても、ここで冷たく突き放すわけにはいかない。

なんと言っても彼女は、俺たちにとっては、大事なお客様なのだからな。

他人の顔色を窺《うかが》うのは得意ではないが、最低限の注意は払っておくべきだろう。

「アベルくん。大丈夫そうやろか？」

「ん。まあ、これくらいなら特に問題ないと思うぞ」

岩石を破壊するのであれば、幾らでも方法はあるのだが、郊外とはいえ、街の中で強力な魔術を発動するのも考えものである。

「付与魔術発動。《耐久力低下》」

そこで俺が使用したのは、付与魔術であった。

物体の性質を変化させることのできる付与魔法は、実に様々な使い方ができる優れものである。

「えっ。アベルくん。岩の前で何をしているん？」

デイトナが不思議そうな表情で尋ねてくる。

ん？

もしかしてデイトナは、付与魔術のことを知らないのだろうか。

改めて尋ねられると、説明するのが難しいな。

黒眼系統の魔術は他系統の魔術とは勝手が違うので、生半可《なまはんか》な知識で語ってしまうと余計な誤解を与えてしまう可能性があるだろう。

「まあ、これは岩をどかすための、まじないみたいなものだな」

悩んだ挙句《あげく》に俺は、適当に言葉を濁《にご》しておくことにした。

「ふーん。まじないねえ。アベルくんって見かけによらず信心深いタイプなんやな」

「…………」

妙な勘違いをされている気がするが、ここは気にしない方向で考えていくことにしよう。

準備ができたので、後は目の前の岩石を破壊するだけである。

前方を確認する。

よし。周囲には他に人はいないようだな。

周囲の安全を確認した俺は、巨大な岩石に向かってチョコンと指を弾いてやることにした。

パチンッ！

ズガガガガガガガアアアアアアアアアアアアアアアアガガガガガガガ
ガガガガガガガガガガガガガガガガガガガガガガガガガガガガガガガ
ガガガガガガガガッ！

俺が指を弾いた次の瞬間。

目の前に転がっていた岩石は粉砕《ふんさい》されて、周りに無数の細かい岩の嵐を降らせていくことになる。

ふうむ。

俺としたことが、少し迂闊《うかつ》だったな。

調整を間違えて、畑の中を小粒の岩だらけにしてしまった。

これでは後片付けが大変である。

もう少し魔術の威力を上げて、粒子の形状にしておくべきだった。

この程度の仕事振りでは、後々になってクレームを付けられても言い返すことはできないだろう。


「なっ。なっ。なっ……!?」


依頼人の女が、あんぐりと口を開いた状態で硬直している。

やはり失敗だったか。

仕方がない。

最悪の場合、今回の仕事は、報酬《ほうしゅう》の減額を覚悟した方が良さそうだな。

「なんだい！　今の魔術は⁉」

んん？　これは一体どういうことだろうか。

てっきり小言《こごと》を言われるのかと思いきや、俺の仕事を目《ま》の当たりにした依頼人の女は、眼の色を変えて驚いている。

「アンタ、何者だい？　アタシャ、これまで四十年は生きてきたけど、これほど凄《すご》い魔術を見るのは初めてだよ！」

「…………」

難しい質問を尋ねてくれるのだな。

自分が何者なのかという疑問は、他ならない俺が最も知りたかったことである。

母親の顔は、もううっすらとしか思い出すことができない。

人伝《ひとづ》てに聞いた話では、俺の生まれ育った、故郷は戦火の炎に呑《の》まれて焼け野原になったらしい。

血の繋《つな》がった家族たちが今、どこにいるのか、生きているのかさえ分からない。

自分のルーツを探すのは、どんな魔術式よりも難解な問題のように思えた。


「おいおい！　何事だ！」

「そっちの坊主《ぼうず》が例の岩を⁉　本当かよ⁉」


どうやら俺たちの仕事の様子は、他の何人かの村人たちに観察されていたらしい。

やがて、騒ぎを聞きつけた村人は、俺たちの周囲にツカツカと歩み寄ってくることになる。


「なあ。坊主！　実はオレの畑にも似たような岩があるんだけどよ。仕事を頼んでもいいか？」

「おい！　ズルいぞ！　その少年は前からオレが目を付けていたんだ！　ウチの仕事を優先してもらうぞ！」

「…………」


男たちが何やら口論をしている。

以前までは琥珀眼《こはくがん》に対して、差別の眼差《まなざ》しを向けていたくせに現金な連中である。

いや、ある意味では分かりやすくて、助かるといっても良い。

たとえそれが『気に入らないもの』であっても、自らの利益になるのであれば、利用したくなるのが人間の性《さが》というものなのだろう。

「まあまあ、落ち着いてや。アベルくんへの仕事は、マネージャーのウチを通してもらわんと！」

俺のことを庇《かば》うようにして前に立ったデイトナは、ソロバンを片手で弾きながら悪戯《いたずら》っぽい笑みを浮かべる。

「チッ。まったく、お嬢さまには敵《かな》わねえぜ」

「こんな優秀な人材、どこで見つけてきたんだか」

優秀か。俺から言わせれば、それは違うな。

この程度の魔術を使う人間など、本腰を入れて探せば、他に掃《は》いて捨てるほど存在しているのだ。

「言っておくけど、ウチのアベルくんは安ないで！」

本当に優秀で替えが利《き》かない存在なのは、この女の方だ。

誰からも好かれ、信頼を得ることができるのは、この女の持った天性の才能なのだろう。

「ねえねえ！　アベルくん！　見て！　みんなの依頼をぜ～んぶ、こなせば、これだけの額になるんよ！」

ソロバンを右手で弾いたデイトナは、玩具《おもちゃ》を与えられた子供のように無邪気な笑顔を零《こぼ》していた。

俺は一つ思い違いをしていたのかもしれない。

今まで俺は、個の力を磨《みが》いていくことのみが、己の人生を豊かにするものだと思っていた。

だが、実際は違った。

彼女のように周囲との協調を重んじることで、双方に利益をもたらしていくような生き方もあるのだろう。

「凄いよね！　ウチら最強コンビやん！　これからも頼むで！　アベルくん！」

そうだな。

デイトナの人脈と俺の魔術が合わされば、この先も暫《しばら》くは食い扶持《ぶち》に困ることはなさそうである。

全てが上手《うま》くいっているような気がした。

何もかもが好転しているかのように思っていた。

だが、この時の俺はまだ何も知らなかった。

俺にとっての、ささやかな日常を壊す絶望の足跡は、直ぐそこまで迫っていたのだった。

〜〜〜〜〜〜〜〜〜〜〜〜

それはいつものように仕事をこなした帰り道のことであった。

「ふふふ。たくさん買《こ》うたな。おチビちゃんたち、喜んでくれると良いんやけど」

今現在、俺たちが何をしているのかというと、必要な物資の調達と搬入の作業である。

両手一杯に食料品の入った紙袋を抱えたデイトナはいつにも増して、上機嫌な様子であった。

仕事に関しては、相変わらずに恐ろしいほどの好調が続いている。


「……そんなに買って良かったのか？」


一つ気掛かりなのは、デイトナが稼《かせ》いだ金の大半を食料品に替えて俺たちに寄付しているということであった。

正直に言うと、デイトナが俺たち地下の住人と深く関わるのには、あまり賛成ができない。

仕事が好調になり、十分に物資が行き渡った結果、俺たちが盗みをする機会は格段に減ったものの――。

もともと俺たちが敵対関係にあることには変わりがないわけだからな。


「ええー。ウチが稼いだお金を何に使おうと、ウチの勝手やろ？」

たしかに、それはその通りなのだ。

デイトナが寄付した物資が地下の住人たちにとって、貴重なものになっているという事実もある。

状況は既に俺の一存で、彼女からの寄付を拒否できるようなものでもなくなっていた。

「別にええんよ。ウチはたいしたことはしていないし。結果的にウチの店の商品が盗まれなくなるなら、これでＷＩＮ－ＷＩＮの関係やん」

最初からこの状況を想定して、俺に仕事を紹介したのだとしたら大したやつである。

まんまと俺は彼女の策略に乗せられてしまったというわけだ。

「ふう。ようやく着いたー。荷物が重いと歩くのも大変やなー」

そんなことを考えているうちに地下に続く梯子《はしご》の前に到着をする。

大きな荷物を抱えて、長い距離を歩いてきたからだろう。

　デイトナの体にはうっすらと汗が滲《にじ》んで、ピタリと服を張り付けさせていた。

「休んでいるなら、先に行っているぞ」

「ちょっと待ったー！」

　気を遣って先に荷物を下ろそうとすると、不意にデイトナに呼び止められる。

「……ウチ、今日はスカートなんよ」

「ん？　それは一体どういう意味だ？」

「だから、アベルくんが先に降りるのは禁止！　禁止やからね！」

「…………」

　お前は一体、俺のことをどういう風に見ていたんだよ。

　やれやれ。

　いくら複雑な年ごろの女だからといって、不審者のような扱いを受けるのは悲しい限りである。

——異変に気付いたのは、そんな他愛《たわい》のない会話を交わしていた直後であった。

最初に感じたのは何処《どこ》か『懐かしい臭《にお》い』である。

地下の中に漂う排水の臭いとは少し違う。

僅《わず》かに鉄の臭いを含んだその感覚は、忘れかけていた幼少期時代の記憶を想い起こさせるものであった。


「あれ。何か今日はやけに静かなんやね」


そう。

普段通りであれば、子供たちの雑多な生活音が聞こえてくるはずなのだ。

単なる杞憂《きゆう》だ。

何かの思い違いであって欲しい。

だがしかし。

そんな俺の願望は、地下の奥に進んでいくごとに音を立てて崩れ去っていくことになっていた。

「アベルくん……⁉　これって……⁉」

遅れてデイトナも違和感の正体に気付いたようであった。

だが、駆け付けた時には、状況は既に手遅れであった。

「そんな……。どうして……⁉」

愕然《がくぜん》とした。

次に俺たちの視界に飛び込んできたのは、冷たい地面の上に転がった子供たちの死体であった。

死体は既に回復魔術の施《ほどこ》しようがないくらいに凄惨《せいさん》なものになっている。

子供たちから流れ出た大量の血液は、地下の下水を赤色に染めていた。

「嘘……！」

おそらく人間の死体を見ること自体が初めての経験だったのだろう。

力なく地面に腰を下ろしたデイトナは、憔悴《しょうすい》している。

不足の事態において必要なのは、過ぎてしまったことを後悔《こうかい》するのではなく、最悪の未来を回避するために先手を打つことである。

身体強化魔術発動――《視力強化》《熱感知》。

そう考えた俺は、子供たちの中に生存者が残っていないか確認してみることにした。


「…………！」


どうやら俺の判断は、間違ってはいなかったらしい。

死後硬直が始まり、温度を失い始めた死体の中に小さな熱源があった。

どうやら一人だけ、生存者が残っていたようだ。

リックだ。

自慢のソバカスは血の赤に濡れているが、どことなく憎めない愛嬌《あいきょう》のある顔立ちは健在である。

「リック。何があった……？」


傍に駆け寄り、痛み止めの魔術を施してやる。

左足の骨が折れているな。

右腹部からの出血も激しいみたいである。

この様子だと、何処か内臓も痛めたのかもしれない。

だが、何にせよ、息のある状態で出会うことができたのは不幸中の幸いであった。

時間はかかりそうだが、この程度のダメージであれば十分に治療可能な範囲である。


「わ、わからねえ……。知らねえ男が、突然、地下に乗り込んできたんだ……」


即効性のある痛み止めの魔術が効いてきたのだろう。

意識を取り戻したリックは、喉《のど》の奥から絞《しぼ》り出すような声でそう言った。

知らない男、か。

恨みを買う心当たりはあるが、これほどまでに無茶なことをする敵については思い当たる節がない。

気になる点は他にもある。

この入り組んだ地下の迷宮は、子供たちにとっては庭のようなものだ。

仮に一流の魔術師が相手であっても、これほどまでに被害が甚大《じんだい》になるのは考えにくいことであった。


「オヤブン……！　オイラのことは気にしないでいい。早く逃げてくれ……」


やれやれ。

こんな時にまで心配をされてしまうとは、つくづく俺はリーダーとしての器《うつわ》が小さいようだ。


「分かった。後のことは俺がなんとかする。お前はもう喋《しゃべ》らないでいい」

「いいから逃げてくれよ！　このままだと、いずれオヤブンたちも……」


次の瞬間、目の前で起きたことを俺はたぶん、生涯《しょうがい》忘れることがないだろう。

「アギャァァァアアアッ！」


突如として、リックの青色の眼が紅く染まっていく。

これは……！

既に敵魔術による攻撃を受けていたのか……!?

それは血液で作った無数の刃のような魔術であった。

リックの体から飛び出してきた血液の刃が、内側から全身を食い破るようにして、襲い掛かってくる。


「――――ッ!?」


こんなことは初めてであった。

攻撃を受けるまで、敵の魔術の気配にすら気付くことができないだなんて……。

おそらくリックの死が俺に精神的な動揺《どうよう》を与える部分もあったのだろう。

致命傷を回避するのがやっとで、防御の魔術が間に合わなかった。

敵魔術による攻撃によって、俺は左腕と右足に鋭いダメージを受けた。

「おやおや。こんなところにもネズミが残っていましたか」

最初に視界に入ったのは、下水の流れる地下には不釣り合いな、光沢《こうたく》感のある黒色のコートであった。

背は高い。

おそらく190センチを優に超えているだろう。

黒色の帽子を目深《まぶか》に被《かぶ》ったその男は、鋭い眼差《まなざ》しで俺たちのことを威圧していた。

クールになれ――。

仲間を殺されたドス黒い怒りの感情が湧き上がってくるが、怒りで我を忘れれば取り返しのつかないことになるだろう。

万全の状態で戦わなければ、まず間違いなく勝機を失うことになる相手だ。

魔術師同士の戦《いくさ》において、最初に戦わなければならないのは、目の前の敵ではない。

何より優先して殺さなければならないのは、己の感情なのである。

「ほう。どうやらネズミの中の一匹、子猫が混ざっていたみたいですね」

目と目が合う。

俺の姿を目の当《ま》たりにした黒服の男は、何処《どこ》か含みのある笑みを浮かべていた。

「で、この子たちも殺《や》ってしまっても構わないんですかね？」

今回の殺戮《さつりく》を起こしたのが、目の前の男だということは直ぐに分かった。

これほどの数の人間を殺しておきながら、男の衣服には血の一滴すら付着していない。

強い……！

今まで俺が出会ってきた魔術師の中でも、まず間違いなく最強といえる魔術師だ。

「好きにせい。畑の肥《こ》やしにもならんゴミクズどもが！　よくもワシのシマを荒らしてくれたな！」

黒服の男の登場からやや遅れて現れたのは、ブクブクと肥えた中年の男であった。

その男の風貌《ふうぼう》には、どこか見覚えがあった。

王都でも最大規模の商会を牛耳《ぎゅうじ》っている権力者で、名前は、たしかバクラジャという男である。

「んんー？　どうしてスレアの娘っ子が、こんな肥溜《こえだ》めにいるのじゃ？」

「ウ、ウチがどこにいようが関係あらへんやろ！」

この様子だと二人は以前からの知り合いだったようだな。

もっともこの様子を見ると、あまり友好的な関係とはいえなそうではあるが。

「勘違いするなよ。お前はワシの所有物だ。お前の行動、一挙手一投足《いっきょしゅいっとうそく》を決める権利は、既にワシが買い上げているのだ」

「〰〰〰ッ！」

バクラジャに顎《あご》を摑《つか》まれたデイトナは、恐怖の感情に染まっているようであった。

「どうします？　二人とも殺しますか？」

「いいや。娘の方はワシが預かる。ハオラン！　そっちのガキは早急に始末しろ」

邪悪な笑みを浮かべる肥えた男は、口の中にある金色の差し歯を露《あらわ》にする。

バクラジャが何を考えているのかは知る由《よし》もないし、気にするだけの余裕もないが、ロクでもないことを考えているということだけは理解できた。

「ふふふ。了解しました」

黒服の、ハオランと呼ばれた男は、足音の立たない奇妙な歩き方で、俺の方に歩み寄ってくる。

ハオランか。

この辺ではあまり聞かない名前だな。

名前から察するに東の地方にある異国出身の魔術師か。

こうして相対しているだけでも、踏んできた場数の差を否応《いやおう》でも感じ取ることができる。

「無駄な抵抗は止めた方が良い。その男は《宵闇の骸《カオスレイド》》の人間よ。貴様も魔術師の端《はし》くれならば聞いたことくらいはあろう！」

「…………!?」

そうか。

この男が先生と同じ……!?

魔術結社《宵闇の骸》《カオスレイド》は、国内最高峰《さいこうほう》の魔術組織にして、この時代の最高ランクの魔術師たちが集《つど》うとされている。

その全容は謎に包まれているが、権力者が大金を支払えば、個別に仕事を引き受けることもあるのだとか。

どうする？

勝てるのか？　俺に？

実際のところ、俺が先生との戦いで勝つことができたのは、加齢と共に先生の戦闘能力が衰えている部分が大きかった。

だが、目の前にいるのは、今まさに戦闘力においてピークを迎えている三十歳ぐらいの魔術師だ。

十代前半の俺が戦う以上、大きなハンデを背負うことになるかもしれない。

「さあ。お前はワシのところに来い！　なあに、大人しくしていれば悪いようにはせんぞ」

「に、逃げて！　アベルくん！」

デイトナが叫んだ次の瞬間。

リックの死体から流れている血液が刃となって俺の元に飛来する。

迅《はや》い！

だが、あらかじめ攻撃が来ることが分かっていれば、十分に対抗できるレベルである。

やはり先程、俺が敵魔術による攻撃を受けてしまったのは、心理的な動揺が働いた結果なのだろう。

「風迅壁《ウインドシールド》！」

俺は敵の魔術を相殺《そうさい》するための風の壁を発生させて、血の刃を弾くことにした。

血液を武器に変化させる魔術、か。

物質操作の黒眼属性の魔術と、肉体操作の灰眼属性の魔術の特徴を併《あわ》せ持った能力である。

本人の得意系統である黒眼のようだが、灰眼系統の魔術についてもハイレベルに扱いこなすことができなければ実現不可能な魔術だ。

「ほう……。ならば、これならどうです！」

男が腕を掲げたその直後。
先程とは比較にならないほどの血液が男の手元に集まっていく。
どうやら男が使用できるのは、リックの血液だけではないらしい。
続く第二陣。
男が使ってきたのは、地下に横たわる数十人にも上る子供たちの血液であった。

「さあ！　キミの力を見せてください」

男が叫んだ次の瞬間、四方に作られた槍が一斉に俺に向かって飛んでくる。
威力を上げて、防御魔術を貫くつもりか……？
いや、違うな。

敵の攻撃の意図を考えろ。

この攻撃の軌道、分かりやすく正面から飛んでくる槍はブラフとみて、まず間違いないだろう。

本命の攻撃は、死角となっている上方の二本の槍だ。

天井を崩して、俺を生き埋めにするつもりか……⁉


ズガッ！

ズガシャアアアンッ！


どうやら俺の推測は当たっていたらしい。

二本の槍が天井に命中した結果、地盤が緩《ゆる》んで、俺の頭上には瓦礫《がれき》の雨が降り注ぐことになった。

「ギャハハハ！　どうだ！　ワシのシマを荒らした罰を受けい！」

「そんな……。嘘やろ……？」

ふう。間一髪《かんいっぱつ》のところで、助かったみたいだな。

この地下の世界は、俺にとっては庭のようなものなのだ。

かつては王族が戦争時に備えての脱出通路として作ったとされているこの地域は、無数の隠し通路が存在しているのである。

俺は瓦礫に埋もれそうになる寸前――。

黒眼属性の魔術で地面に穴を開けて、咄嗟《とっさ》に隠し通路に身を隠すことに成功したのである。

「いえ。賢い少年です。どうやら取り逃がしたようですね」

予想以上に手強《てごわ》い相手だ。

上手《うま》く攪乱《かくらん》できるように瓦礫の下に埋もれたかのように振る舞っていたのだが、そういう搦《から》め手《て》が通用する敵ではないようだ。

「褒めてやらねばなりません。一度ならず、二度までも。ワタシの攻撃を防ぎ切るとは」

このまま正面から戦いに挑んでいくのは、あまりに無謀《むぼう》である。

血液を武器に変化させる敵の能力は、その場にいる死体の数によって、大きく威力が変わることになるだろう。

先程受けた手足のダメージが癒《い》えていないのも気にかかる。

感情に任せて、戦闘に出れば最悪の結果を招くことになりそうだ。

「貴様ァ……！　こっちは高い金を払っているんだぞ！　まさかこのまま取り逃がすつもりではあるまいな？」

肥《こ》えた男が感情に任せて、黒服の男に罵声《ばせい》を浴びせているようだ。

やれやれ。

怒ったところで何か問題が解決するわけでもないだろうに。

依頼人の方が無能で、命拾いをしたのかもしれない。

この揉《も》め方だと、どうやら俺の後を追ってくることはなさそうだ。

「――ご安心を。我々、《宵闇の骸《カオスレイド》》に失敗の二文字はありません。かの少年は、近いうちに必ず仕留めてみせますよ」

何はともあれ必要なのは、次の戦いに備えて万全の準備を整えることである。
こうして俺は隠し通路を通って、ひとまず地下から脱出することに成功するのであった。

〜〜〜〜〜〜〜〜〜〜〜〜〜〜〜〜〜

ズキリとする傷の痛みが、先程の悪夢が現実のものであることを思い起こさせる。
仲間たちが死んだ。
全ては、俺の未熟さが招いた結果である。

『分からないよ。アベルくんたちがやっていることは、悪いことなんよ……?』

以前に受けたデイトナの言葉が何度もリフレインしている。
結局のところ、全て、彼女の言っていることが正しかったのだろう。
己の利益のために、他者の利益を侵害し続ければ、何処《どこ》かで歪《ゆが》みが生じるものなのだ。

俺は思い上がっていた。

少しばかり魔術の心得があるからといって、全能の存在になったかのような気でいたのだ。

現実の俺は、目の前にいる、たった一人の少女すらも守れない脆弱《ぜいじゃく》な存在であるというのに。

――過去を清算するために、仲間たちの仇《かたき》を取らなりればならない。

さもなければ俺は、この、底なしの泥沼に浸かったような状況から、一歩たりとも進めないだろう。

さて。

灰眼属性の魔術により、傷の治療を済ませた俺は、とある場所に向かって歩みを進めていた。

本当は今すぐにでも再戦に行きたいところであったのだが、その前に一つ、明らかにしておかなければならないことがあったのだ。

王都の外部区画に建てられた石造りの家は、以前にデイトナから聞いた彼女の住んでいる家である。

近くに植えてあった木を伝って、背の高い塀《へい》の中に入ると、面識のない男が近づいてくるのが分かった。

「デイ！　こんな時間まで何処に行っていたんだ！」

暗闇の中にあって、俺の姿を娘のものと誤認したのだろう。

俺の姿を発見した男は、安堵《あんど》の表情を浮かべているようだった。

「キ、キミは一体……？　どうしてウチの家に……？」

男の顔には何処か見覚えがあった。

デイトナの父、スレアはこの王都の外部区画を牛耳《ぎゅうじ》る商会の会長である。

「アイツなら行ったよ。黒服の男に連れ去られていった」

「…………!?」

胸の中に何か心当たりがあったのだろうか。

俺の言葉を受けたスレアは、何かを悟ったかのような複雑な表情を見せていた。

「キミ、名前は？」

「アベルだ」

「アベルくん。すまないが、家に上がって、詳しい話を聞かせてもらえないだろうか」

そうか。

交渉の場を設けるために幾つか手段を用意していたのだが、これは色々と手間が省《はぶ》けることになったな。

詳しい話を聞きたかったのは、俺も同じだ。

黒服の男、ハオランとの再戦の前に、どうしても事実関係を明確にしておきたかったのである。

～～～～～～～～～～～～～～～～

それから。

地下での出来事を事細かに説明した俺は、今度はスレアから詳しい事情を聞いてみることにした。

「——借金があった。あの男には、娘を嫁に出す代わりに借金を帳消しにする約束をしていたのだ」

曰《いわ》く。

スレア商会は、慢性的な赤字に悩まされており、個人的にも多額の借金を抱えていたのだとか。

この問題に目を付けたのがバクラジャであった。

バクラジャは、ここから遥《はる》かに離れた先にある『東の国』から金を買い付けることによって、莫大《ばくだい》な利益を享受《きょうじゅ》してきた一族の生まれであるらしい。

この国で商売を営《いとな》んでいるものたちにとって、その影響力は絶大である。

追い込まれたスレアは、借金の肩代わりに、外部区画での商売権と娘を差し出す約束をせざるを得ない状況に陥《おちい》ることになったのだとか。

「だが、この縁談は我々にとって悪い話ではないんだ!　事実、あの男の助言を聞くようになってから、ワタシたちの商売は軌道に乗っている。娘だって、この結婚には反対していなかったはずだ!」

やれやれ。

デイトナが歳《とし》の割に大人びている理由が分かったような気がするよ。

このスレアとかいう男、根っからの悪人というわけではなさそうだが、商売人としての適性はゼロである。

デイトナの金勘定がしっかりとしているのは、この親を反面教師として、育ってきたからなのだろうな。

「勘違いするなよ。不満を表さなかったのは、アイツが賢かったからだ」

その時、俺の脳裏《のうり》に過《よぎ》ったのは、いつの日か俺に将来の夢を語った時のデイトナの姿であった。

ふう。

どうやら俺は、また一つ大きな思い違いをしていたようだ。

今の今まで俺は、アイツのことを恵まれた環境で育った幸せな人間だと思っていた。

だが、実際は違った。

俺たちが地下のネズミならば、デイトナはカゴの中の青い鳥である。

カゴの中の鳥は自分の意思で、外に出ることが叶わない。

あの女は、俺の知らないところで、独り悩み、思い詰めた生活を送っていたのだろうな。


「この件が片付いたら、アイツを自由にしろ」

「キ、キミは一体何を言っているんだ……？　第一、これは私たち家族の問題だ！　部外者は黙っていてくれるかね！」


つくづく呆《あき》れた男だ。

俺たち地下の世界では、子供ですら知っている知識である。

家族とは、共に支え合い、生活を共にする者たちの総称だ。

己の保身のために切り捨てられるような存在を家族と呼んで利用するとは、救いようのない男である。

「これ以上は、喋《しゃべ》らなくていい」

静かに、だが、明確な殺意の意図を込めて俺は忠告をする。

彼女の自由を奪うカゴを壊すことにしよう。

誰のためでもなく、俺自身がそうするべきだと感じたからだ。


「ひぃっつ！」


不思議な感覚だった。

体の芯が熱い。

その時、今までに経験したことのない奇妙な感覚が俺の眼の奥に宿り出した。


「貴様……！　な、なんなのだ！　その眼！」

実のところ、眼の色というのは、同じように見えても、それぞれ性質が違っているものなのだ。

これは後になって知った話であるのだが——。

俺の持つ琥珀眼《こはくがん》は、強力な魔術を使ったり、感情が昂《たかぶ》ったりすると、淡く光るという特異体質が存在していたらしい。


「できなければお前を殺す。必ずな」


全ての決着が付いた後、いつかまた、この街に戻ってくることにしよう。

どちらにせよ、あの男が先生と同じ、《宵闇の骸《カオスレイド》》の人間であると分かった以上、戦闘は避けて通れない道なのだ。

これは俺にとって、必要な戦いだったのである。


～～～～～～～～～～～～～～


一方、その頃。

ここはアベルたちの生活区域である外側から、大きな壁を隔《へだ》てた場所にある王都の中央区画である。

王都の中でも取り分け整備された中央区画は、一部の金持ちと貴族が居住する、この街の顔とも呼べる存在であった。

中央区画の中でも、一際目《ひときわ》を惹《ひ》く四階建ての豪邸には、バクラジャ商会の本部があった。

「ククク。実に愉快な気分じゃ。こうも簡単にネズミ共の駆除《くじょ》が捗《はかど》ることになるとはのう」

魔物の像から湧き出した冷水が、部屋の中を快適な温度に保っている。

ワイングラスを片手に動物の毛皮で作られたソファに腰を下ろしたバクラジャは、上機嫌な笑みを零《こぼ》していた。

「んんーっー!?　んんんっ――――!?」

地下から連れ去られたデイトナは、四肢《しし》を縛られ、部屋の中で苦しそうに声を漏《も》らしている。

口の中に布を押し込まれて、声を発することが禁じられたデイトナの両眼は、絶望の色に染まっていた。

「グフフフ。あの、無能の娘にしておくにはもったいない上玉じゃ。どんな味がするのか、楽しみじゃわい」

「————ッ!?」

人間というのは恐怖が限界に達すると、声すら出なくなるものなのだろう。
これから起きることを想像したデイトナは、身震いすることしかできなかった。

「女と果実は新しいものほど良い。のう。お主も、そうは思わぬか?」

バクラジャの視線の先にいたのは、国内最強の魔術部隊《宵闇の骸《カオスレイド》》のメンバーである、ハオランであった。

「さあ。生憎《あいにく》とワタシは、そういう世俗的なことには疎《うと》いもので」

唐突《とうとつ》に話を振られたハオランは、さほど興味がなさそうに鏡のように透き通る黒色の金属で作られたナイフの手入れを行っていた。

「なんじゃ。女の味を知らぬとは、つまらない男よのう。ワシに気を遣っているのなら、その必要はないぞ？　今夜は無礼講《ぶれいこう》じゃ。お主も、ワシの妻となる女の体を堪能《たんのう》するが良い」

「…………！」

その時、ハオランが見せた表情はデイトナにとって、酷《ひど》く印象的なものであった。

目の前の男は、劣情《れつじょう》を向けるでも、軽蔑《けいべつ》するわけでもなく、ただただ、道端の石を見ているかのような視線をこちらに向けていたのである。

「お楽しみのところ、申し訳ないのですが、そろそろ約束の報酬《ほうしゅう》を頂けませんか？」

これ以上、興味のない話題を続けられては敵《かな》わないと考えたのだろう。

やがて、ニコリと微笑《ほほえ》んだ黒服の男は、強引に話題の転換を図っているようであった。

「おっ。そうじゃったな。して、ワシはお主に幾ら払えば良い？」

引き受けた依頼は１００パーセント達成すると評されている《宵闇の骸《カオスレイド》》であるが、必要となる報酬額に関しては際限がない。

費《つい》やした時間、苦労などを考慮《こうりょ》した額を後から言い値で払わなければならないというルールが存在していた。

「そうですねえ。今回の仕事ですとザッと五千万コルといったところでしょうか」

「なっ――!?　五千万コルじゃと――!?」

この時代の五千万コルとは、バクラジャが雇用している私兵の百人分の年収を優に超えるものであった。

（ぐぬっ。決して払えぬ額ではないが、ネズミの駆除《くじょ》が高くつくことになったわい……！）

相手が自分より立場の弱い人間であれば、躊躇《ちゅうちょ》なく踏み倒すところであったが、目の前の男は闇の世界を生き抜いた精鋭である。

不義理を働けば、後々にどんな報復が待っているか分からない。

想定外の出費を迫られることになったバクラジャは、悔《くや》しそうにツメを噛《か》むことになった。

「そうじゃ！　あのガキだ！　アイツが死ぬまでお前の仕事は終わっていないぞ！」

考えた末にバクラジャが出した結論は、報酬の支払いを先送りにするということであった。

時間を稼ぐことができたら、報酬を踏み倒すためのアイデアを閃《ひらめ》くこともできるかもしれない。

勢い任せに提案したバクラジャの腹の内には、そんな思惑が存在していたのである。

「なるほど。たしかにそれは一理ありますね」

含みのある笑みを零したハオランは、磨《みが》いていたナイフを服の内ポケットの中に仕舞い始める。

あたかもそれは、これから起きる戦闘を予見していたかのような振る舞いであった。

「……ですが、今回はワタシの方から出向くまでもないようですよ」

異変が起きたのは、ゆっくりと椅子《いす》から立ち上がったハオランが、意味深な言葉を告げた瞬間であった。


バリィッ！

バリリリリリリリリィッ！


突如としてバクラジャたちのいる部屋の窓ガラスが割れて、その破片が立て掛けられた絵画に突き刺さっていく。

暗闇の中から現れた少年には、見覚えがあった。

「こ、このガキ……！　一体どうやって入ってきた⁉」

「…………ッ⁉」

少年の姿を前にしたデイトナは、眼に希望の光を取り戻すことになる。

何故ならば――。

そこにいたのは、デイトナが微《かす》かに恋心を抱いていた少年、アベルの姿だったからである。

～～～～～～～～～～～～～～

さて。

目当ての情報を引き出した俺は、黒服の男が潜伏していると思《おぼ》しき建物にまで、足を伸ばすことにした。

実のところ、先程の戦いの中で俺は、探知魔術をかけていたのである。

戦闘のプロである黒服の男はともかくとして、素人《しろうと》であるバクラジャに探知魔術を施《ほどこ》すことは容易であった。

一つ、不可解だったのは、黒服の男が俺の探知魔術に気付きながらも、まったく解除魔術を使用する気配を見せないでいたことであった。

こちらを格下と考えて、侮《あなど》っているのか？

依頼人の命を守ることまでは仕事として捉えていないのか？

いや、少し違うな。

あの様子だと、そのいずれにも当てはまらないような気がする。

黒服の男の思惑についてはは気になるところであるが、とにかく今は探知魔術の跡を辿《たど》ることが先決だろう。

そう判断した俺は暗闇の中を駆け抜け、建物の最上階に潜入を試みたのであった。

「ふふふ。思っていたより早かったですね。キミとの再会を待ち焦がれていましたよ」

窓ガラスを蹴破《けやぶ》り、目的の場所に到着をすると、因縁《いんねん》の相手である黒服の男は、余裕の態度でそう言った。

ふう。

侵入に際して様々なパターンを想定していたのだが、これは色々と手間が省《はぶ》けることになったみたいだな。

デイトナも一緒だ。

連れ去られたデイトナは、縄のようなもので拘束《こうそく》されて、椅子の上で身動きが取れないでいるようであった。

「ふんっ！　性懲《しょうこ》りもなくワシの前に現れおって！　飛んで火にいる夏の虫とは、このことじゃわい！」

額に青筋を立てたバクラジャは、唾《つば》を飛ばして大声を上げる。

「蹴散らせ！　血祭りにあげてしまえ！」

「御意《ぎょい》」

雇い主の命令を受けた黒服の男は、服の内ポケットから研《と》ぎ澄まされたナイフを取り出した。

取り立てて、何か魔術を施しているようには思えない。

だが、見たことのない材質で作られたナイフだ。

「キレイな刃でしょう。キミとの戦闘に備えて、ずっと磨いていたのですよ」

次にハオランの取った行動は俺にとって想定外のものであった。

何を思ったのかハオランは、手にしたナイフで自らの手首に傷をつけたのである。

「さてと。どうやって調理しましょうか」


なるほど。

自らの血液を武器として利用するためには自傷する必要があるというわけか。

ポタポタと流れ落ちた血は、瞬く間に形を変えていき、やがて巨大な鎌のような形を取った。


「まずはお手並み拝見といきますよ」


武器を携《たずさ》えた黒服の男が、強く地面を蹴って、こちらに向かってくる。

勝算はある。

この部屋は地下での戦いとは違い、敵の武器である『血液』が少ないのだ。

敵が、他人のものではなく、自分の血液を使い出したのがその証拠だ。

前の戦いのように、不意の一撃を受けなければ、十分に渡り合うことができるはずである。

俺は迫りくる鎌を碧眼《へきがん》属性魔術で作った氷の剣で受け止めることにした。

ガキンッ！


刃物同士が衝突する音が部屋の中に響き渡る。

この体格差では、流石《さすが》に力負けするようだな。

身体強化魔術発動――腕力強化。

すかさず俺は、身体強化魔術を発動して、敵の攻撃に対応することにした。


「ふふふ。良いですねぇ。キミのその眼……！」


どうやら身体強化魔術を発動しても尚、体格差の不利は覆《くつがえ》すことはできなかったらしい。

力で劣る俺は、一歩また一歩とジリジリと後退を迫られることになる。

無論、このまま力勝負を続ける気はサラサラない。

この間合いならば、俺の属性魔術の攻撃範囲内だ。

通常、人間は恒温動物なので、生きている間に血液が凍ることはないのだが、武器として利用しているのならば話は別である。

人間の血液の融点《ゆうてん》はマイナス18度。

俺の魔術を以《もっ》てすれば、ものの数秒で凍らせることのできるレベルなのだ。

「おっと。そうはさせませんよ！」

俺が血液を凍らせようとしたことを見越していたのだろう。

冷気によって氷結する寸前。

血液の大鎌は、グニャリと曲がり、形を失っていく。


「これならどうです！」


無数に枝分かれした、槍のような形状に形を変えて、再び俺の方に向かってくる。

この状況は俺にとって千載一遇《せんざいいちぐう》のチャンスであった。

通常、黒眼属性の魔術の『付与魔術』は、重ね掛けするごとに効果が薄まっていく性質が存在しているのだ。

強度を維持したまま、形状を変化させることは、どんな熟練の魔術師であっても不可能である。

だから俺は武器の強度が弱まる一瞬のタイミングを見計らって、血の剣を斬《き》り落としてやることにした。

「なっ――!?」

まさか格下と見ている俺から反撃を受けるとは思ってもいなかったのだろう。
武器を切断された黒服の男の表情には、僅《わず》かに動揺《どうよう》の様子を確認することができた。
その隙《すき》を俺は見逃さなかった。
最善の魔術の構築に重要なのは、冷静な精神状態である。
相手がどんなに戦闘に長《た》けた魔術師であっても関係がない。
感情が乱れたその瞬間は、無防備になり致命的な大きな隙を生み出すことになるのだ。

「クッ！」

この男、体内の血液を凝固させて、防御能力を上げることができるのか。
通常であれば、致命打となり得た攻撃であったが、肯を断つことは叶わなかった。

だが、どうやら俺は、敵の余裕を崩すことには成功したらしい。

予想外の反撃を受けた黒服の男の表情は、途端に険しいものになっていく。

「おい！　ガキ相手に何をやっておる！　こっちは大金を叩《はた》いているんだぞ！」

この状況を受けて、怒りの感情を露《あらわ》にしたのは依頼主の男、バクラジャであった。

頭に血が上ったバクラジャは、俺たちの戦闘に割り込むようにして歩み寄ってくる。

その時、俺は目の前の男が一瞬、冷淡な笑みを浮かべるのを見逃さなかった。

「ふふふ。ここは少し、武器となる血が足りていないようですね」

次に男の取った行動は、その場にいた全ての者にとって予想外のものであった。

何を思ったのか、ハオランは血液の刃物で依頼人の体を引き裂いたのである。

「…………ぬあ？」

バクラジャの体に鋭い斬線《ざんせん》が走り、部屋の中に大量の血飛沫《ちしぶき》が舞い上がっていく。
目の前で一体何が起こっているのか？
未だに現実を受け入れられないバクラジャは、呆然《ぼうぜん》とした表情を浮かべていた。

「貴様……！　い、一体何を……？」

傷口から流れ出た血液は、加速度的に勢いを増していく。

「あぎゃ！　あがあああああああああああああああああああああああああああああああああああ！」

この出血の量は明らかに異常だ。
おそらくなんらかの魔術を使用して、血液の量を底上げしているのだろう。
ものの数秒としないうちにバクラジャの体は、ミイラのように干上《ひあ》がっていった。

「意外、という風な顔をしていますね」

たった今、依頼人を裏切ったばかりとは思えない。

振り返ったハオランの表情は、至極《しごく》、冷静なものであった。

「正直なところ、仕事の成否《せいひ》には、あまり興味がないのですよ」

この時の俺にとって、男が口にした言葉の意味は、まるで意味の分からない不可解なものであった。

「いくら金を得たところでワタシの心が真に満たされることはありません。より才ある者との戦いの中でしか喜びを見出《みいだ》すことができない。ワタシはいつしか、そういう人間に成り下がっていたのです」

男の価値観を朧気《おぼろげ》ながらも理解できるようになったのは、この戦いから二年以上が経過した後の話である。

「さて。遊びの時間は終わりです」

不敵な笑みを浮かべた黒服の男は、血液を集めて武器を精製する。

男の周りに浮かび上がったのは、ドス黒い血液で作られた八本の槍であった。

禍々《まがまが》しい槍だ。

人を殺すこと以外の機能を悉く《ことごと》削《そ》ぎ落としたその槍は、まるで男の内面を表しているかのようであった。

「ふふふ。ワタシの動きについてこられますか」

男はそのうちの一本を手に取ると、地面を滑るように素早く接近してくる。

この移動方法、足元に溜めた血液の上に乗っているのか。

本来あるはずの足音と移動のモーションを置き去りにして、近づいてくる様は、傍《はた》から見ると異様なものであった。

「さて。どこまで対応できるか見物ですね……！」

武器となる血液を得た男の動きは、見違えるように鮮やかなものになっていた。

たしかに見事な攻撃だ。

敵の死角を見つけて攻撃しようにも、周囲の槍に弾かれて、付け入る隙が見当たらない。

まさに攻防一体となった研《と》ぎ澄まされた戦闘法といえよう。

どうやらこれは『正攻法』で勝利するのは難しいようである。

「ほらほら。あまりワタシを失望させないで下さい！」

手にした槍の攻撃を回避しても、周りの七本の槍が追撃してくる。

八本の槍を巧みに操る男の攻撃は、長く防ぐことは叶わなかった。

やがて、壁際に追い込まれた俺は完全に退路を失うことになった。

「そこです！」

見事、という他に形容する言葉が見つからないほどの鮮やかな攻撃であった。

やがて、風を切るようなスピードで迫りくる八本の槍が俺の体を串刺しにした。

「……ワタシとしたことが、少し期待をかけすぎてしまいましたかね」

その時、男が見せた表情は、俺にとって印象深いものであった。
戦闘に勝利をして尚、悲壮《ひそう》の感情を抱くとは業《ごう》の深い人間である。
必要とあれば、躊躇《ちゅうちょ》なく依頼人を殺《あや》めることからも窺《うかが》える。
自分で認めている通り、この男は、戦闘の中でしか生きる喜びを見出すことのできない人間なのだろう。

「良い夢が見られたみたいだな」

俺が幻惑魔術を解除した次の瞬間。
槍に貫かれたはずの俺の体は、輪郭《りんかく》をなくして空気の中に消えていく。

「なっ――！」

男からすれば、さぞかし驚きの展開だったのだろう。

それもそのはず。

この魔術は先生が基礎理論の開発をして、俺が実戦で使えるように改良した世界でたった一つのオリジナル魔術だからな。

相手が百戦錬磨《ひゃくせんれんま》の経験を積んだ戦闘のプロであっても関係がない。

この魔術に関してだけは、無警戒のものであったのだろう。


「これは……！　あの老いぼれが使っていた……⁉」


そうか。

先生のことを知っていたのか。

この男が《宵闇の骸《カオスレイド》》のメンバーだということは知っていたのだが、先生のことまで知っていたとは流石《さすが》に予想外であった。


「フフフ。フフフフ。フハハハハ！」

不意の魔術を受けたことがそんなに愉快だったのだろうか。
帽子を被《かぶ》りなおした黒服の男は、高笑いを始めた。
「素晴らしい！　これは予想以上の逸材ですよ！」
男が放つ魔力の量が跳ね上がった。
まったくもって、厄介《やっかい》なことこの上ない。
この様子だと、まだ何か『奥の手』を隠していたようだな。
今までの戦いは男にとって、俺の実力を測るための試金石に過ぎなかったのだろう。
「ああ。ようやく久しぶりに本気の狩りを楽しむことができそうだ……！」
残念だが、男の期待に添うような結果になることはなさそうだ。
思うに、戦闘に対する俺たちの価値観は真逆である。
生憎《あいにく》と俺は、戦闘狂ではないのでな。

勝負を楽しむ余裕なんてものは、最初から俺の中には存在していなかったのだ。

「いや。戦いは既に終わっている」

敵が本気を出す前に殺すことができるのであれば、それに越したことはないのだ。

だから俺は早々に勝負の決着を付けるため、入念に準備をしていた最後の魔術を発動することにした。

「…………!?」

いつか見た惨状《さんじょう》と酷似《こくじ》した光景である。

男の体からグツグツと煮え立つような音が鳴り、手足が赤黒く腫《は》れあがっていく。

シュウウウウッ！

ブシュウウウウウウウウウウウウ！

やがて、刃の形状に変化した血液が男の体内を食い破ることになる。

「この魔術はワタシの……!?」

ご名答。

考えてみれば、最初に男の魔術を確認してから既に六時間ほどの時間が経過しているわけだからな。

それだけの時間があれば、敵の魔術を分析して、自分なりに模倣《もほう》してみることは容易であった。

無論、専門に使っているわけではないので、本家のようなスピードと精度で使用することはできないが、幻惑魔術のおかげで時間を稼《かせ》ぐことができた。

「グッ……！　これしきの魔術……！」

慌てて自らの血液をコントロールしようと試みる黒服の男であったが、無意味な抵抗であった。

魔術師同士の戦いは、先に感情を乱した方が敗者になるのだ。

自らが長年かけて編み出した魔術が模倣されて、少なからず動揺《どうよう》する部分があったのだろう。

本家といっても、精度を欠いた状態では、俺の魔術を上書きすることは叶わなかった。

人間とは不思議なもので、得てして強靭《きょうじん》な精神と肉体を持った魔術師ほど、一度崩れると脆《もろ》いのだ。


「バカな……！　このワタシが……こんなところで……！」


たちどころに血液を失うことになった黒服の男は、干上《ひあ》がった体で地に伏せることになった。

血液を操り、武器とする魔術か。

あまり使い勝手の良い魔術ではないので、これから使う機会は少なそうだが、仲間たちの死を弔《とむら》うという意味では、これ以上のものはないだろう。

単純な戦闘能力で考えるのならば、俺の方がやや形成が悪い戦いだったはずである。

それでも勝利することができたのは、単純に俺の方が『勝利』に対して飢えていた。

たった、それだけのことだろう。


「…………！」

奇妙な気配を感じたのは、俺がぼんやりとそんなことを考えていた直後であった。

バサッ！

バサバサバサッ！

突如として一羽のフクロウが部屋の中に入ってくる。

黒色の、美しい毛並みを持ったそのフクロウは、人間の手によって飼われているものだということが直ぐに分かった。


【招待状】

貴殿の実力を認め、《宵闇の骸《カオスレイド》》に招待をする。

己が刃を以《もっ》て、闇を切り開く意思があるのならば、以下に示す場所を目指せ。


フクロウが手にした手紙には、そんな言葉が記述されていた。

ふうむ。

実際に自分の眼で確認するまでは、半信半疑の部分があったが、事前に仕入れていた情報は確かだったらしいな。

《宵闇の骸《カオスレイド》》に入会する方法は幾つかあるが、流石《さすが》に少数精鋭を謳《うた》うだけのこともあり、どの方法も相当にハードルが高いものである。
中でも内部の人間とコネクションを持たない俺が、入会するための条件は一つしか存在しない。

――組織に所属するメンバーを殺すこと。

それこそが《宵闇の骸《カオスレイド》》に入会する条件だったのである。
さて。
仲間の仇《かたき》を討《う》ち、目的を果たした以上は、俺がこの街に留まる理由もないだろう。
決意を固めた俺がクルリと踵《きびす》を返そうとした、その時であった。

「アベルくん……！」

戦いの最中に自力で拘束《こうそく》から抜け出すことに成功したのだろう。
瞳に不安の色を滲《にじ》ませたデイトナが、俺のことを呼び止めた。

「ねえ……。ウチら、また会えるよね!?」

相変わらずに、よく頭の回る女だ。
おそらくデイトナは、俺がこれから行こうとしている場所について、大まかな察しを付けているのだろう。

「ああ。そうだな」

無論、嘘である。
俺たちはもう会わない方がいいだろう。
師を殺《あや》め、友を見殺しにした俺が、これから陽の当たる道を歩くことはありえない。
元より、俺はこの場所に来た時点で、闇の世界で生きていくことを決めていたのだ。

「信じているから！　絶対にまた会えるって！」

続けて声をかけられるが、今度は振り返らない。
前の戦いで受けた傷が、今になって刺すような痛みを伝えている。
雲の隙間《すきま》から半月の明かりが道を照らす夜。
窓の縁に足をかけた俺は、暗闇の中に飛び込んでいくのだった。

第三章

EPISODE 003

死者の躍る街（灰の勇者編）

The reincarnation magician of the inferior eyes.

王都の地下で暮らしていた日々のことが、ウソのように遠くに感じられる。

それから。

時刻は進み、二年の月日が経過することになる。

国内最強の魔術結社、《宵闇の骸《カオスレイド》》に入会することになった俺は、慌ただしい日常を過ごしていた。

「ひぃっ！　来るな！　来ないでくれえええ！」

時間や、場所は問わない。

血と煙の臭《にお》いのする場所が、俺の仕事場だ。

「おい！　コイツ、誰か止めろ！」

「このガキ！　なんて動きしてやがる！」


顔も名前も知らない人間を命じられるままに殺していくのが、新しい俺の仕事である。

何人殺したのかは、覚えていない。

十を越えるようになってからは、数えるのもバカらしく思えてきたからだ。

今日の仕事は、反政府ゲリラに寝返った、元貴族の要人らしい。

依頼人の名前は、俺にとって知る由《よし》もないことである。

この仕事は言うなれば、復讐の代行屋に近いものがあるのかもしれない。

今日のターゲットもまた、誰かの恨みを買った、俺にとってはなんの恨みの人間なのだろう。

「ふんっ。政府の人間も随分《ずいぶん》とオレを高く評価したものだな」

警備の人間を蹴散《けち》らして、建物の奥に足を運ぶと一人の男が待ち構えていた。

事前に伝え聞いていたターゲットの特徴と一致する。

間違いない。

この男が今回の仕事のターゲットなのだろう。

「まさか、こんな老いぼれを仕留めるためにカオスの連中を寄越してくるとは思っていなかったぞ。臆病な腰抜けどもが」


実年齢はたしか、五十を優に越えていると聞いている。

年齢よりも若々しく感じるのは、男の眼光がやたらと鋭く、活力に満ちているからだろう。

この世界で生きてきて分かったことが一つある。

それは、大きな組織のリーダーとなる人間は、それ相応のオーラを持っているということだ。

素質のある人間がリーダーとなるのか、リーダーとしての立場が人間を成長させるのか――。

それは俺にとっては、知る由もないことであるが、この男もまた人の上に立つ器《うつわ》を持った人間の一人なのだろう。


「知っているぞ。お前、金色の黒猫だろう……？」

静かに、葉巻タバコに火を灯しながら、男は言った。

「ふふふ。別に驚くことではなかろう。闇の世界で、お前のことを知らない人間はおるまい。化物揃《ぞろ》いのカオスの中で、史上最年少で一等級に昇進した怪物だ。ハハッ。こんな有名人に看《み》取《と》ってもらえるなんて、オレは幸せ者だぜ」

やれやれ。

今日のターゲットは、呆《あき》れるほどに口が回るらしい。

俺たち《宵闇の骸《カオスレイド》》と対峙《たいじ》した時にターゲットの反応は、大きく分けて二つある。

それ即《すなわ》ち、死を恐れ、逃げ回るか、死を拒《こば》み、立ち向かってくるかである。

目の前の男が後者のタイプであることは、会ったその瞬間から、予期していたことであった。

「クカカカ！　とでも、言うと思ったか！　小童《こわっぱ》が！　悪いな。ここが貴様の墓場だ！」

見え透いた演技を終了させたターゲットの男は、素早く上着のジャケットを脱ぎ捨てる。

おそらく薬物か何かを使用して、戦闘能力の底上げを図っているのだろう。

異様なまでに筋肉を膨張《ぼうちょう》させた男の体は、バリバリの武闘派といって差し支えのないものであった。

「死に晒《さら》せええええええええええええええええええ！」

迅《はや》いな。

この身のこなし、魔術師としても、十分に一流である。

もしかしたら、出会うのが二年ほど早かったら、そんなことを考えていたのかもしれない。

「無銘《むめい》」

そこで俺が使用したのは《無銘》という名の愛刀であった。

別に武器を使う趣味はなかったのだが、《宵闇の骸《カオスレイド》》の隊員は、組織から与えられる武器を何かしら携帯しなければならないという決まりがあったのだ。

この刀は、軽く、丈夫で、魔力を良く通す特殊金属で作られており、何かと使い勝手が良いので有り難く帯刀させてもらっている。

《無銘》という名は、周囲が勝手に呼び始めたので使っている名前である。

どういうわけか組織から支給される武器には、何かしらの名前を与えなければならないという決まりが存在している。

俺が頑《かたく》なにそれを拒んでいると、いつしかコイツはそう呼ばれるようになっていたのだった。

「ふんっ！　チョコマカと動きおって！　だが、次はないぞ！　確実にその細い首をへし折ってやる！」


そうだな。

男の攻撃に『次はない』という部分には賛同しよう。

身体強化魔術を使用している人間を斬《き》った時によく起きる現象だ。

斬撃《ざんげき》のダメージが遅れて生じて、自らが『死んでいる』ということに気付くまでにタイムラグが発生しているのだ。

「あ……。バカな……！　何故っ……⁉」

他愛《たわい》ない。

さてと。

断末魔《だんまつま》の叫びを残した男の体は八つに分かれて、バラバラに崩れ落ちていく。

血で汚れた武器の手入れをしておかなければならないな。

こうして今日も退屈な仕事が終わる。

別に今の生活に不満があるわけではない。

組織は俺に普通の仕事では得ることができないであろう破格の報酬《ほうしゅう》と、魔術を学ぶための最高の環境を用意してくれるのだ。

だが、何故だろう。

強くなり、欲しいものは全て手に入れられるようになった。

以前はどんなに手を伸ばしても手が届かなかった高価な魔導書は、今となっては部屋の中に山のように積まれている。

けれども、この感情は果たしてなんと形容すれば良いのだろう。

欲しかったはずのものを手に入れるほどに、俺は心の奥に言いようのない『渇《かわ》き』のようなものを感じていたのだった。

「どうやら終わったらしいな」

その人物から声をかけられたのは、仕事の片付けをしていた後のことであった。

二枚の翼をはためかせて暗闇の中から現れたのは、俺にとって見知った人物であった。

「ええ……。今終わったところですよ。グリム先輩」

先輩について、俺たち会員が知っていることは少ない。

分かっていることというと、少なくとも二十年以上は、《宵闇の骸《カオスレイド》》に所属している古参メンバーであるということ。

詳細不明の魔術を使用して、フクロウの姿に憑依《ひょうい》している、ということくらいであった。

「一つ、聞いても良いか？　何故、もっと早く殺さなかった」

動物の姿を模《かたど》りながらも、有無を言わさない圧の籠《こも》った声で先輩は言った。

「……なんのことですか」

「惚《とぼ》けても無駄だ。お前の実力を以《もっ》てすれば、ターゲットに一呼吸の間すらも与えることなく

殺すことができたはずだ。何故、そうしなかった」

ふう。相変わらずにこの先輩は手厳しいな。

この二年の間に流石《さすが》の俺も学習した。

先輩に対して、その場を取り繕《つくろ》うような見え透いた嘘は通用しない。

「強《し》いていうなら、好奇心、でしょうか。ターゲットがどのような価値観を持ち、どのように戦うのか、純粋に興味がありました」

だから俺は、半分は本音で、もう半分は、建前《たてまえ》を混ぜた言葉で以て説明をすることにした。

「黒猫よ。やはりお前は魔術師としては一流でも、暗殺者《アサシン》としては二流だな」

先輩は呆れた様子で、首を傾けている。

そして、耳にタコが出来るほど聞かされてきたフレーズを言ってのけた。

「何も考えず、何も思わず、ただ目の前の人を殺す傀儡《くぐつ》であれ。それが我々に与えられた唯一の使命なのだからな」

先輩の言葉は、何も間違ったものではない。

俺たちの仕事にとって『好奇心』というのは最も不要な感情の一つである。

「くれぐれも、道を誤るなよ。さもなければ、貴様もやがては、ハオランと同じ道を辿《たど》ることになるぞ」

今なら、あの時、ハオランの言っていた言葉の意味が少しだけ分かるような気がする。

強さを手に入れた俺は、組織に対して隷属《れいぞく》を誓う対価として、『安定した生活』というものを手に入れた。

最新鋭の武器。

太古《たいこ》の時代に書かれた魔導書。

異国で暮らすために必要な永住権。

おそらく組織は、俺が望めば、大抵のものを俺に与えてくれるだろう。

だが、果たして俺の心は、それで満足をしているのだろうか？

それは他でもない俺の中でも、未だに消化できずにいる問題であった。

「さて。お前に新しい仕事を与える。明日の正午、仲間と合流して、新しい街に向かえ。詳しい説明は、そこで聞くと良いだろう」

次に先輩が口にした言葉は、俺にとって少し心外なものであった。

「俺一人で問題ありません。今までも、これからも、俺は一人でやってきましたから」

あの日。地下の住人たちが虐殺《ぎやくさつ》された事件の一件以来、俺は他人と距離を取るようになっていた。

意識の上では気にしてはいないつもりなのだが、俺の深層心理では、過去のことを引きずっている部分があるのだろう。

「……違う。そういうことを言っているのではない。お前も後進を育てる立場になったということだ」

相変わらずに一切の感情を読み取ることのできない、フクロウの体で先輩は続ける。

「言っておくが、これは組織の命令だ。お前に拒否権は存在していない」

「はいはい。そういうことなら、分かりましたよ。先輩」

やれやれ。

上司から『やれ』と言われたことに対して『NO』と返すことができないのは、組織に飼われている人間の辛《つら》いところである。

「分かればいい。それに、アヤネは優秀な黒眼の魔術師だ。きっと今回の任務でも役に立つだろう」

それだけ言い残した先輩は、窓の隙間《すきま》から夜の暗闇に向かって飛んでいく。

後進の育成か。

俺にとっては最も不向きといっても過言ではない難題である。

他人と一緒に仕事に出るなんて、いつ以来だろうか。

次の仕事は、なかなかに面倒なことになりそうだ。


～～～～～～～～～～～～


でだ。

何はともあれ必要なのは、次の仕事についての情報を得ることである。

先輩からの勧めを受けた俺は、指定された場所で『噂《うわさ》の後輩』とやらに会ってみることにした。


【冒険者酒場　レインボーネル】

街の裏路地にポツンと建った飲食店は、何を隠そう俺たち《宵闇の骸《カオスレイド》》が買い上げたアジトである。

この辺りの酒場街は、日中は人通りなく閑散《かんさん》としており、身を隠すのには絶好の隠れ家となっているのだ。

「マスター。邪魔するぞ」

カラカラという乾いた鈴の音を鳴らして店の中に足を踏み入れると、馴染《なじ》みの顔がそこにあった。

「あら。黒猫ちゃん。いらっしゃい」

このスキンヘッドに顎鬚《あごひげ》を蓄《たくわ》えた男が、店のオーナーである。

元々は《宵闇の骸《カオスレイド》》のメンバーであったらしいのだが、退役後は趣味で酒場のオーナーを務めている、なかなかに変わった経歴の持ち主であった。

「お客さんなら、一時間前から、奥の部屋で待機しているわよ」

マスターにも、事前に先輩から仕事の説明が伝わっているのだろう。

あの先輩が、人を褒めるとは珍しい。

果たしてアヤネとかいう後輩はどんなのだろうか。

この時、俺は少しだけ興味を抱いていた。


「うにゃうにゃ……。あ！　アベルさんじゃないでしゅかー！」

マスターに勧められて、奥の部屋に移動すると、面識のない女に声をかけられる。

年齢は俺よりも少し上だろうか。

頭の後ろで結ったポニーテールが印象的な、メガネに白衣という奇妙な格好をした女であった。

「すまないが、アヤネという女を探している。この辺りで見かけなかったか？」

「えへへ。アヤネは私でしゅうう。アベル先輩に声をかけられるなんて、とても光栄です！」

「…………」


なんだと。

この酔っ払いが《宵闇の骸《カオスレイド》》のメンバーだったのか。

俄《にわか》には信じがたいな。

「在籍番号と所属。通名を言ってみろ」

「８７９番。二年ほど前から情報解析班に所属していました。コードネームは『女狐《めぎつね》』です」

参ったな。

事前に伝えられた情報と一致する。

どうやらこの女が、俺の探していた人物で間違いがないみたいである。

「で、組織の人間が昼間から酒に溺《おぼ》れるとは、一体どういう了見だ？」

「えっ。お酒？　なんのことですか？」

「そこに転がっているボトルが酒でなくて一体なんだというのだ」

「…………」

アヤネは呆然《ぼうぜん》とした様子を見せたかと思うと、一瞬だけ我に返った表情を浮かべる。

「えええっ……！　もしかして、私の飲んでいるコレが、噂に聞くアルコールだったのですか⁉」

呆《あき》れた女だ。

自分が何を飲んでいるのかも分からないまま、酔っぱらっていたのか。

情報解析班の連中は、外に出る機会が少ない分、変人揃《ぞろ》いの《宵闇の骸《カオスレイド》》の中でも、取り分け『非常識』な人間が多いという話を聞いていたのだが、どうやら噂は本当だったらしいな。

「うにゃ～。目が回る～。なんだか体が火照《ほて》ってきました」

やれやれ。

このコンディションでは、一緒に仕事に出るのは難しいみたいだな。

本当に、心の底から残念であるが、仕方があるまい。

仕事に関する大まかな情報は先輩から聞いていたので、今回の任務は俺一人で行くことにしよう。

「ちょっと！　黒猫ちゃん！　それは困るわよ！」

アヤネを置いて店を出ようとすると、マスターの太い腕によって呼び止められる。

「あの子を放っていくつもり？　この酔っぱらいを置きっぱなしだと、ウチの商売は上がったりなのよ。なんとかして頂戴《ちょうだい》！」

「…………」

なんということだ。

マスターの一声によって、『置いていく』という選択肢《し》も絶たれてしまった。

なんだか妙な女を押し付けられてしまった気分である。

「おい。起きろ。アヤネ」

「うーん。抱っこ！　先輩が抱っこしてくれるなら〜！」

ダメだ。コイツ……。

俺も他人のことを言えるような立場ではないのだが、暗殺者《アサシン》として必要な数多《あまた》の資質が欠けていると言わざるを得ないだろう。

「それじゃあ、俺たちはこの辺で。マスター。お邪魔しました」

仕方ないので俺は、アヤネの首根っこを摑《つか》んで、店の外に運んでやることにした。

「ウガッ。グゲエエエエエエエエエエエエエエッ！　ぐ、苦しい！　先輩！　ギブ！　ギブです！」

アヤネが泡《あわ》を吹いて肩を叩いている気がしたが、特に気にしないことにする。

元々、俺に運んで欲しいと言い出したのは、コイツの方だったわけだしな。

これくらい雑に扱った方が、このロクでなしにけ良い薬だろう。

〜〜〜〜〜〜〜〜〜〜〜〜〜〜〜〜


でだ。

酔っぱらったアヤネを馬車に乗せた俺は、今回の仕事の目的地であるアローザの街を目指していた。

「うにゃ……うにゃ……。定時……。お願いですから、もう、定時で帰らせて下さい」

それにしても、よく眠る女である。

おそらく元々、疲れが溜まっていたというのもあるのだろうな。

結局、アヤネが目を覚ましたのは、すっかり日が暮れてからのことであった。

「あれ……。私、もしかして結構、寝ちゃっていました」

睡眠中に崩れたメガネの位置を整えながらアヤネは言った。

「ああ。たっぷり九時間は眠っていたぞ」

「…………！」

何故だろう。

正直に事実を伝えると、アヤネは今更になって警戒心を露《あらわ》にしているようであった。

「……先輩。まさかとは思いますけど、私の体に変なことしていませんよね？」

唐突《とうとつ》に妙なことを口走り始めたぞ。コイツ。

起きて早々、仮にも先輩である俺を変質者扱いしてくれるとは、大した度胸である。

「いい加減にしろ。今は職務中だぞ」

「でも、アベル先輩にならちょっとくらい悪戯《いたずら》されても良いかな。なあんて」

「…………」

なんということだ。

てっきり今までのアヤネの性格は、酒によるものだと思っていたのだが……。

別にそういう訳ではなかったらしい。

軽蔑《けいべつ》の眼差《まなざ》しを向けてやると、アヤネは、少し照れながらも弁明を始める。

「言っておきますけど、誰にでも、言っているわけではないですからね？　アベル先輩は私たちにとって特別な存在ですから！　ちょっぴり大胆《だいたん》になれてしまうわけでして……。昨日だって、憧れのアベル先輩に会えると思ったら緊張して一睡もできなかったんですよ！」

確かにアヤネの暗殺者《アサシン》らしからぬ爆睡振りは、まったく寝ていなかったと言われても納得できるものがあった。

「一つ聞いておくが、俺の何処《どこ》に憧れの要素があったんだ？」

素直に疑問に思ったことを尋ねてみると、アヤネは「よくぞ聞いてくれました！」と言わんばかりに胸を張る。

「そりゃあもう、アベル先輩の武勇について語ると長くなりますよ。《宵闇の骸《カオスレイド》》の中でも七人しかいないといわれている特級隊員を打ち倒し、鳴り物入りで組織に入会！　そこからの活躍といったらもう！　史上最年少で一等級に昇進！　数々の未解決問題を達成した生ける伝説とも呼べる存在ですから！」

やれやれ。

随分《ずいぶん》と俺も買い被《かぶ》られたものだな。

客観的に考えても、別に俺はそこまで大層な人間ではない。

直属の上司であるグリム先輩を筆頭にして、組織の中には俺と同等以上の力を持った隊員が何人か存在している。

俺が自他共に組織の中の最強の魔術師として認められるようになるには、少なくともあと数年の月日は必要だろう。

「正直に言うと、アベルさんのことを狙っているライバル……。じゃなくって、女性隊員は、めちゃくちゃ多いですよ！」

よく分からないが、アヤネの中ではそういうことになっているらしかった。

知らなかった。

今まで俺は一人で仕事を受けることが多かったので、他人からの評価というものは、気にしたことがなかったんだよな。

先輩の言う『後進を育てる立場』を任されるようになると、その辺りの人間関係のことで頭を悩ませるような日が来るのだろうか。

なんだか少し憂鬱《ゆううつ》な気分である。


〜〜〜〜〜〜〜〜〜〜〜〜〜〜


さて。

そんな他愛《たわい》のない会話をしていると、いつの間にか日も昇り、目的の街に到着したようである。

「うわぁ〜。なんというか、思った以上に寂れた街ですね……」

馬車から降りるなりアヤネは、身も蓋《ふた》もないコメントを口にする。

「先輩！　見て下さい。お昼時なのに、シャッターが開いている店がありませんよ！」

おそらく今回の事件に絡んでのことなのだろうが、この街の廃《すた》れ方は明らかに異常である。

「そろそろ良い機会だ。色々と教えて欲しいことがあるのだが……」

「え⁉　先輩、もしかして、ついに私に興味を持ってくれたんですか⁉　でもでも、スリーサイズと年齢だけは秘密ですよ！」

「いい加減にしないと、そろそろ、この顎《あご》を破壊するぞ」

「ふぎぎぎぎっ！　分かりました！　仕事のことですよね！　分かっていましたからあああああ！」

ちょうど良いタイミングなので、アヤネから今回の仕事に関する詳細な説明を聞いてみることにする。

「死者の踊る街。この街は少し前から、そう呼ばれているらしいですよ」

曰《いわ》く。

アローザの街はかつて、良質な魔石を発掘できる鉱山によって栄えてきた街であった。

だがしかし。

鉱山の中で事故死した人間たちが『動く死者』となって徘徊《はいかい》するようになるという噂《うわさ》が広がってからは、状況が一変することになる。

動く死者の噂を恐れた人々は、次第に街から、離れていくことになり、加速度的に過疎《かそ》化が進行していくことになったのだとか。

「以前に調査に向かった隊員が一名は、消息不明の状態になっています。このこともありまして、達成難易度はD等級からA等級に跳ね上がることになりました」

「なるほど。それは一大事だな」

《宵闇の骸《カオスレイド》》に所属する魔術師たちは、最も位の低い三級隊員ですらも、並みの魔術師の十人分の力を持つとされている。

組織の人間が消されたのであれば、この事件の裏に潜んでいる闇は思っている以上に大きなものなのかもしれない。

「動く死者……。本当にそんなものが実在するのでしょうか？」

「さあ。どうだろうな」

死者を操る魔術か。

もちろん、技術的には不可能ではないのだろうが、少なくとも今の俺には再現不可能な魔術である。

今回の事件には裏で魔族が、絡んでいるのかもしれないな。

おそらく組織も、その辺りのことを加味して、今回の仕事に俺を送ることにしたのだろう。

～～～～～～～～～～～～

でだ。

無事に目的の街に到着した俺は、依頼人の家まで足を伸ばすことにした。

「わー。随分《ずいぶん》と大きな家ですね」

寂れた住宅街の中にあって、整備の行き届いたその家は一際《ひときわ》存在感を放っている。

組織に仕事を依頼する人間は、貴族や王族などの公人が多いのだが、ごく稀《まれ》に平民から成り上がった商人が依頼人になることもあるのだ。

どうやら今回の仕事は、後者のパターンだったらしい。

「なあ。このまま奴らを野放しにしたままだとウチの商売は上がったりだ！　なんとかしてくれよ。魔術師さん！」

それから。

依頼人の家を訪れた俺たちは、さっそく諸々《もろもろ》の事情を聞いてみることにした。

「ちょっと待って下さい。その、動く死者っていうのは、単なる噂話ではなかったんですか？」

「当たり前だろ！　オレも見た！　この街に住んでいる人間ならば、誰もが嫌でも目にすることになるだろうよ！」


少し、驚いたな。

人間がウソを吐く際には、何かしらのサインを表情に出すことが多いのだが、男の顔にはそれらしい様子が見られない。

となると『動く死者』の噂にも、信憑性《しんぴょうせい》が増してくるというものである。

「え〜。本当ですか〜。具体的にどの辺りに出てくるんですか？」

「特に目撃情報が多いのは、家の裏にある墓地さ。昼の時間でも『見えちまう』ことがあるので、ああやってカーテンを締め切らないと、普通に生活を送ることができねえんだよ」

そう言って依頼人が指をさしたのは、厚手のカーテンによって覆《おお》われた窓であった。

厚手のカーテンは、何層にも重なって窓から見える景色を隠している。

この様子だと、死体の存在に対して相当ナーバスになっているようだな。

「ちょっと失礼しますね！」

「ああ！　おいっ！」

言うが早いかアヤネは、止めに入ろうとした依頼人を振り切って、勢い良くカーテンを開く。

おそらく鉱山の中で事故死した人間たちのために用意されたものなのだろう。

窓の外から見えてきたのは、街の規模と比較して、かなり大きな墓地であった。


「……あの子は？」


アヤネが指さす先にいたのは、灰色の髪の毛の少年であった。

おそらく墓参りに来ている最中なのだろう。

少年の手には、手製の小さな花のブーケが携《たずさ》えられている。

閑散《かんさん》とした墓地の中で、ポツリと佇《たたず》んでいる灰眼の少年は、どことなく浮世離れした雰囲気《ふんいき》を醸《かも》し出していた。

「ああ。アイツは薬屋の倅《せがれ》で、名前はたしかカインとか言ったかな。四六時中、ああやって墓をうろついているもんだから不気味ったらありゃしねえよ」

件《くだん》の灰髪の少年と眼が合う。

みすぼらしくやせ細ってはいるが、眼の底に力があり、その姿は俺にとって不思議と印象に残るものがあった。

これが俺とカインの出会い――。

近い将来に《灰の勇者》と呼ばれ、後に長きに渡り、因縁《いんねん》の関係を築いた好敵手《こうてきしゅ》との邂逅《かいこう》の瞬間であった。

〜〜〜〜〜〜〜〜〜〜〜〜〜〜〜〜

それから。

依頼人から仕事内容の説明を受けた俺たちは、さっそく街の探索を始めることにした。

だがしかし。

残念ながら噂の『動く死体』とやらに出会うことはできなかった。

「ふあ〜。疲れた〜！　私、もう歩き疲れてクタクタですよー！」

まったく、少し歩き回っただけだというのに大袈裟《おおげさ》なやつである。

宿に到着するなり、アヤネは、ベッドの上に寝転んで両足を放り投げる。

「先輩！　先にお風呂借りちゃってもいいですかー？」

「好きにしろ」

「わーい」

やれやれ。

今回の依頼主、仕事のための宿を用意してくれたのは有り難いのだが、せめて部屋くらいは別にして欲しいところだったな。

「先輩。お先に失礼しました〜」

風呂から上がり、寝間着に着替えたアヤネが浴室から現れる。

メガネを外して、髪を下ろしたアヤネは、誠に不本意ながらも、それなりに美人といって差し支えのない容姿をしていた。

「ところで、アベル先輩って恋人とかいないのでしょうか？」

意味深な態度で足の位置を組み替えたアヤネが、唐突《とうとつ》な質問を口にする。

「……一体、何が『ところで』なんだ？」

「うふ～ん。もしよければ私が立候補しちゃおうかな～。なぁんて！」

「…………」

挑発的な仕草でアヤネは戯言《ざれごと》を抜かす。

相変わらず、このセクハラ女の暴走は、留まることを知らないみたいであった。

これ以上、付き合うのも面倒なので、俺は読書の続きを再開したまま、無視を決め込むことにした。

「あのぉ……。流石《さすが》に何か反応してくれないと、私も傷つくのですけど……？」

やれやれ。

傷つくのであれば、最初から冗談など言わなければ良いものを。

異変が起こったのは、そんな他愛《たわい》のないやり取りをしていた直後のことであった。

ドンドンドンッ！

部屋の中にやけに乱暴なノックの音が響き渡る。

ふむ。何か様子がおかしいみたいだな。

たしかに扉を叩く音は聞こえているのだが、扉の向こう側からは、まるで人間の気配を感じることができないのである。

ドンドンッ！

ドンドンドンッ！

やがて、ノックの音は、今にも扉を突き破りそうなほどに激しさを増していく。

「先輩。これは一体……」

どうやらアヤネも扉の向こう側にいる『異形《いぎよう》の存在』に気付いたようである。

恐る恐るといった感じで、扉を開くと、現れたのは、俺にとっても想定外の人物であった。

「ど、どうされたのですか？」

そこにいたのは、俺たちに部屋を貸してくれた宿の主であった。

ただし、その顔色は限りなく生気がなく土気色である。

「あのう……。顔色が優れないようですが？」

疑問に思った俺は、身体強化魔術で五感を研《と》ぎ澄まして、男の姿をくまなく観察してみることにした。

やれやれ。

まさか、探していた『動く死者』の方から会いに来てくれるとは思いも寄らなかったぞ。

男の体からは心臓の音が鳴ることなく、体温も二十度近くにまで低下している。

一体どのタイミングでこうなってしまったのかは知る由《よし》もないことだが、男が『動く死者』となって俺たちの前に現れたのは疑いようのない事実であった。

「ウヴォオオ！」

男が奇声を上げたその直後、驚くべきことが起こった。

シュルシュル！

シュルシュルシュル！

男の背中の方から伸びてきた四本の触手がアヤネに向かって強襲したのである。

「わととっ！」

ふうむ。今の攻撃を避けるか。

どうやら俺は、少しアヤネのことを侮《あなど》っていたようだ。

今の動きを見るにアヤネは、暗殺者《アサシン》として最低限の身体能力を有しているようである。

「ギャー！　ムリムリ！　そんな大きいのは入らないですよ！」

「…………」

四本の触手を前にしたアヤネは、下品な言葉を口走っているようであった。

前言撤回《ぜんげんてっかい》。

アヤネに対する評価は、保留にしておくことにしよう。

ふう。

何から何まで世話の焼ける後輩である。

俺は腰に差していた剣を抜くと、不規則な動きを見せる触手を根本から断ち切ってやることにした。

「せ、先輩！　助かりました！」

どうやら敵は触手さえ斬《き》り落とせば、あとは普通の人間と変わらないらしい。

俺は、動く死体の四肢《しし》を切断して無力化を図ると、さっそく次の作業に取り掛かることにした。


「身体強化魔術発動――《視力強化》《熱感知》」


やはり、思った通りである。

窓の外の景色を覗《のぞ》くと、昼間に見た墓地の中に小さな熱源を発見する。

こういったケースでは、遠隔から死体を操作する人間がどこかに潜んでいる可能性が高いと踏んでいたのだ。

魔力の流れを最小限に留めて、上手《うま》く気配を消しているようだが、詰めが甘かったな。

生命活動を維持するための体温までは消すことができなかったようである。


「ちょっ！　先輩!?」

俺は呆然《ぼうぜん》とするアヤネを尻目に窓の縁を蹴《け》り、全速力で夜の墓地を駆け抜ける。

ふむ。
どうやら今回の事件の首謀者《しゆぼうしや》は、随分《ずいぶん》と小柄な体つきをしているらしいな。
闇の中に身を潜める男と目が合う。
少し、驚いたな。
そこにいたのは、昼間に出会った灰髪の少年であった。
名前はたしか、カインとかいったか。
俺より、年下の人間が、死体を操る魔術を会得《えとく》しているのだとしたら称賛に値する。

「…………！」

この気配、地下からか……！
気付くと、囲まれていた。
モゾモゾと地面を掘って墓の下から現れたのは、優に二十人を越える死体たちである。
これほどの数の死体を同時に操ることができるのか。
比類なき才能だ。
考えてみれば、初めてのことである。

一属性に限った話とはいえ、明らかに自分を上回る才能を持った魔術師に出会うのは、今までにないことであった。

「「「ぐぼあああああ！」」」

各々《おのおの》、触手を伸ばした死者たちが俺に向かって攻撃を開始する。

ふうむ。

この触手、最初は人体の臓器を整形して作ったものだと思っていたのだが、それにしては様子がおかしい。

人間の体に魔獣の体を与えて作った合成生物《キメラ》と考えるのが妥当《だとう》な線か。

単に人体を改造して作っただけでは、これほどまでの殺傷能力を持つことはできないはずである。

「無銘《むめい》」

無論、一匹一匹の戦闘能力に関しては、それほど脅威といえるレベルには達していない。

だが、これだけ数が集まると処理には少し時間がかかりそうだ。
それというのも、生存に必要な人体のリミッターを外した動く死体たちは、通常の人間とは比較にならないほど耐久力を誇っているのである。

「暴風撃《テンペスト》!」

こう数が多いと剣で相手にするのは面倒だな。
そう考えた俺は、広範囲に攻撃することのできる風属性の魔術を使って応戦することにした。
全方位に向かって高威力の風の刃を展開することのできる《暴風撃《テンペスト》》は、翡翠眼《ひすいがん》系統の魔術の中でも最大級の威力を誇っているものである。

「「「ぐぼああああああああああああ!?」」」

断末魔《だんまつま》の悲鳴を上げた動く死体たちは、風の刃によって体を裂かれて細切れ肉片に形を変えていく。

「ぎゃあああ！　キモい！　なんですかこれ!?　大惨事《だいさんじ》じゃないですか！」


さて。

アヤネが現場に駆けつけるまでに死体の処理が終わったのは良いのだが……。

俺としたことが迂闊《うかつ》だったな。

どうやら件《くだん》の少年は、俺が魔術を構築している隙《すき》を見計らって、既に逃げ出した後だったらしい。

やられたな。

墓地に仕込んでいた死体たちは、逃走時間を稼《かせ》ぐための捨て駒《ごま》として利用したわけか。

この俺がターゲットを逃がすことになるとは、恥ずべき失態である。

「あれ？　アベル先輩、何か楽しいことでもあったんですか？」

「……さあな」

やれやれ。

仕事の成功よりも、未知の存在に出会うことに喜びを見出《みいだ》してしまう。

先輩の言う通り、俺はつくづく暗殺者《アサシン》に向いていないのだろう。

〜〜〜〜〜〜〜〜〜〜〜〜〜〜

一方、その頃。
ここはアローザの街外れにある、とある建物の地下室である。

「……ただいま。みんな」

老朽化《ろうきゅう》の進んだ階段を下りたカインは、家族の待つ部屋を訪れる。
それから《発光《フラッシュライト》》の魔術を発動して、誰に向けるわけでもなく事後報告を行っていた。

「ダメだった。今度の人は、前の時みたいに簡単にはいきそうにないや」

アベルたちが街を訪れる十日ほど前。
カインは『動く死体』の秘密を暴きにきた《宵闇の骸《カオスレイド》》のメンバーを一人、返り討《う》ちにしている。

アベルたちが着用している隊服を見た途端、ピンときた。

以前に殺した人間の仲間がやってきたのだと。

報復を恐れたカインは、先制攻撃を仕掛けることにしたのだった。

（……強そうな人だった。普通に戦っても、まず相手にならないだろうな）

カインの眼に焼き付いて離れないのは、魔族と同じ琥珀《こはく》色の眼を持った青年の姿であった。

その身のこなしは、風のように迅《はや》く、その剣捌《さば》きは、羽が生えたかのように軽やかなものであった。

アベルのことを思い出すと恐怖で体が震えて、心が挫《くじ》けそうになる。

「……大丈夫。みんなのことはボクが守るから」

大好きな家族と過ごす、平穏な暮らしを維持するためなら、たとえ命を投げ出しても惜しくはない。

薄暗い部屋の中でカインは独り、決意の言葉を口にするのだった。

〜〜〜〜〜〜〜〜〜〜〜〜〜〜〜〜〜〜〜

それから。
突如として『動く死体』から襲撃を受けてから暫《しばら》くの時間が過ぎた。
あの後、死体のサンプルを持ち帰った俺は、部屋の中で、カインが使用した魔術の解析作業を始めていた。

「……これは予想以上だな」

改めて解析してみると、この魔術が極めて先鋭的な技術を駆使して、作られたものだということが分かる。
人間と魔獣の体を合成して、兵器に仕立てあげる技術には驚いたが、その上で、死体を複雑に動かすための制御魔術には舌を巻くばかりである。
もし俺がゼロからこの魔術を再現するとしたら、半年以上の研究期間が必要になるはずだ。

更に実戦的に使えるレベルにまで昇華させるとなると、途方もない時間がかかることになるだろう。

俺より年下らしき少年が、これだけの魔術を完成させていたという事実は称賛に値する。

「うにゃーん。そんなに乱暴にされても……私は絶対に屈しませんよ……」

「…………」

やれやれ。

一体どんな夢を見ているのやら。

この状況で爆睡できるというのは、ある意味では羨《うらや》ましい才能である。

呑気《のんき》に寝息を立てているアヤネの横で作業を進めていくと、あっという間に夜が過ぎていくのだった。

～～～～～～～～～～～～～～

軽く仮眠をとると、夜が明けた。

魔術の解析作業については、後日に続きを行うこととして、ここで問題になってくるのは『どうやってカインの居場所を突き止めるか？』ということであった。

可能であれば探知魔術を発動できれば良かったのだが、昨夜の戦闘では、それだけの余裕を得ることができなかった。

仕方がない。

幸いなことに顔と名前は既に割れているのだ。

それなりに時間がかかりそうではあるが、ここは虱潰《しらみつぶ》しに手掛かりを探していくことにしよう。


コンコンコンッ。


などと俺が考えていた矢先のことであった。

部屋の中に聞きなれない奇妙な音が響くことになる。

「あ。先輩！　おはようございます！」

台所のあたりから、ひょっこりとエプロンを首から下げたアヤネが現れる。

「その恰好《かっこう》、一体なんの真似《まね》だ」

「えへへ。知っていますよ。男の人は、包丁の音で目を覚ますのが好きなんですよね！」

「……？」

それは一体どういった趣向なのだろうか。

生憎《あいにく》と俺は世俗《せぞく》的なものには疎《うと》いので、いまひとつアヤネの言葉には共感できないものがあった。

「ささ！　こちらにどうぞ！　先輩のために腕によりをかけて作ったんですよ！　私の故郷の料理です！」

そう言ってアヤネが指さしたのは、皿の上にキレイに盛り付けられた料理の数々である。

白米、グリルした魚、赤茶色のスープ、前菜として小皿に盛り付けられているのは、ピクルスの類《たぐい》だろうか。

なかなかにエスニックな雰囲気《ふんいき》の料理である。


「俺は食べんぞ。何が入っているのか、分かったものではないからな」

「えええええ！　せっかく作ったのに！」


そんなことを言われてもな。

おそらくこれは暗殺者《アサシン》としての職業病の一つなのだろう。

いつの間にか俺は、他人の作った食事を胃が受け付けない体質になっていたのである。


「別に毒は入っていないですから！　お願いしますよ！　先輩！」


やれやれ。

仕方がないやつだな。

言われてみれば、たしかに、昨日から何も食べていなかった気がする。

戦闘の前にコンディションを整えておくことも、プロとして必要な心掛けだと思っておくことにしよう。

「分かった。だが、その前に。念のため、解毒魔術を使っておくぞ」

「だから、何も入れてないですってば！」

涙目でツッコミを入れるアヤネであった。


～～～～～～～～～～～～～～～～


でだ。

朝食をとった後は、カインの居場所を突き止めるための探策の時間である。

ふうむ。

何か手掛かりになるものはないかと思い、昨日の墓地にまで足を伸ばしたものの、そうそう都合良くは見つかりそうもないようだな。

見渡す限り、規則正しく並んだ墓標が続いているだけであった。

「ふふふ。どうやら私の出番ですね」

どうしたものかと対策を考えていると、隣を歩くアヤネが意味深な言葉を呟《つぶや》いた。

「先輩！　ここは私に任せて下さい！」

そう言ってアヤネがコートの中から取り出したのは、正方形の紙であった。
取り出した紙に素早く折り目を付けていったアヤネは、そこに体内の魔力を流し込んでいく。

「式神《しきがみ》魔術——犬の型！」

アヤネが叫んだ次の瞬間。
魔力を流し込んだ紙切れは、小動物の姿に形を変えていく。

式神魔術か。
噂《うわさ》には聞いていたが、実際に見るのは、初めてだな。
式神魔術とは、遺伝的に黒眼系統の魔術師が多い、東の国で発展してきた魔術とされている。
その使用用途は様々であるが、魔力を流しながら紙に折り目を付けることにより、遠隔《えんかく》操作が可能な生物を作り出すことができるのだとか。

「イヌマルは鼻が利《き》くんです！　この子の力があれば、簡単にカイン君の居場所を突き止めることができるはずですよ」

「ワンッ！　ワンッ！」

果たして本当だろうか。

アヤネの場合、普段の言動がアレなだけに疑わしく思ってしまうのが悲しいところである。

「あっ！　さっそくイヌマルが手掛かりを見つけたみたいですよ！」

召喚した式神が立ち止まった先は、取り立ててなんの変哲もない墓標の裏面であった。

執拗《しつよう》に鼻の先を動かしていることから察するに、どうやら何かの匂《にお》いを記憶しているようである。

「追いましょう！　アベル先輩！」

「ワンッ！　ワンッ！」


やれやれ。

不安はあるが、他に有力な手掛かりもないので仕方があるまい。

こうして俺はアヤネの作った式神の後を追い、探索を続けていくのだった。


〜〜〜〜〜〜〜〜〜〜〜〜〜〜〜


「先輩！　こっちですよ！　こっち！」

「ガウッ！　ガウッ！」

アヤネの作り出した式神の後を追い三十分ほど歩いただろうか。

暫《しばら》く移動を続けていると、森の中に大きな教会を発見する。

「あれ。おかしいですね。この近くに反応があるようなのですが……」

アヤネが疑問に思うのも無理はない。

静かな森の中に佇《たたず》んでいる手入れの行き届いた教会は、とても凄惨《せいさん》な現場になっているとは考えにくい様子ではあった。

「いや、ここで間違いがないみたいだぞ」

やれやれ。

ダメ元でついてきたつもりが、まさか本当に探り当ててしまうことになるとはな。

『それに、アヤネは優秀な黒眼の魔術師だ。きっと今回の任務でも役に立つだろう』

奇《く》しくも先輩の言葉が現実のものになったというわけだ。

アヤネが優秀な魔術師であるという評価に関しては、保留にしておきたいところではあるのだけどな。

「えっ。どうしてそんなことが分かるんですか⁉」

「単なる職業病だ」

暗殺者《アサシン》としての仕事を続けていれば、アヤネもそのうち分かるようになるだろう。この教会の周囲には、拭《ぬぐ》いようのない血の臭いが付着しているのだ。

「ごめんくださーい。誰かいませんかー？」

ノックをした後、ステンドグラスで飾られた扉を開く。

「おやおや。これは随分《ずいぶん》と可愛《かわい》いお客さんですねえ」

中から現れたのは、初老の神父の男であった。

眼の色は、俺と同じ琥珀《こはく》色だ。

同じ眼の色を持つ人間として、あまり偏見は持ちたくはないのだが、琥珀眼を持つ以上、人間に化けた魔族である可能性は捨てきれないだろう。

「可愛い子羊さんたち。ワタシに何か用ですかな？」

俺たちの姿を見るなり、神父は柔和《にゅうわ》な笑みを零《こぼ》す。

「カインという男を知っているな？　今から会わせて欲しいのだが」

見たところ、教会の中には神父以外には誰もいないようだ。
教会の中は変わった造りで、屋内なのに水路と噴水によって彩《いろど》られており、少し肌寒いくらいであった。

「……はて。なんのことだが、分かりませんね」

男の視線が僅《わず》かに右上に上がった。
人がウソを吐くときに見せる典型的なサインである。
カインを匿《かくま》うためにウソを吐くということは、今回の事件の共謀者《きょうぼうしゃ》ということか。
もちろん、証拠が出るまでは全て俺の憶測の範囲でしかないのだけどな。

「悪いが、中を調べさせてもらうぞ」

強引に教会の中に入ろうとすると、神父が行く手を塞《ふさ》いでくる。

「残念ですが、ワタシはキミたちに用がないのでね。お引き取り願えるかな」

やれやれ。

どうやら穏便な手段を取れるような状況ではなさそうだな。

このまま大人しく引き下がるという選択肢《し》は俺の中にはなかった。

そんなことをすれば、みすみす相手に証拠隠滅《いんめつ》の時間を与えるだけだろう。

「無銘《むめい》」

有無を言わさず腰に差した剣を抜いて、男の脇腹に向けて強襲する。

「────ッ！」

ふう。
思っていたよりも早くに正体を現してくれたな。
人間の姿のままでは、攻撃を回避することが叶わないと踏んだのだろう。
俺の剣が男の脇腹を貫こうとする寸前、神父は、魔物に姿を変えた。

「チッ……！　酔狂《すいきょう》な野郎だぜ！」

人間の姿と魔物の姿を使い分けることができるのは、魔族の特性の一つである。
カエル型の魔族か。
おそらく下級魔族の類《たぐい》なのだろうが、気を抜くことはできない。
魔族は人間と比べて、戦闘能力に特化した種族である。
その身体能力と魔力量は、人間の常識では図れないものがあるのだ。

「カインの居場所を教えろ。大人しく俺の言うことに従うなら命までは取らない」

「それは出来ねえなあ。あの坊やには利用価値があるのさ」

意味深な言葉を残したカエルの魔族は、教会の中の水路に身を投げる。

「もっとも、水を得たオレの動きに、人間がついてこられるとは思わないけどな」

ふうむ。

自分で言うだけあって、たしかに悪くはないスピードである。

組織の人間の中でも一般隊員レベルであれば、多少は手こずることもあったかもしれない。

「くらえっ！　蜂《はち》の巣にしてくれる！」

この攻撃、口の中に含んだ水を高速で射出して弾丸にしているのか。

ズガッ！

ズガガガッ！

軽く体を捻《ひね》って攻撃を回避すると、大理石の床が抉《えぐ》られていくのが分かった。

「先輩⁉」

アヤネが不安そうに叫んでいる。

やれやれ。

この程度の相手との戦いで、心配されるとは心外である。

「どうした！　こうも無抵抗だと張り合い甲斐《がい》がねえぜ！」

ふう。

そのセリフを言いたいのは、どちらかというと俺の方なのだけどな。

俺の攻撃に対して、こうも無抵抗でいてくれるとは思ってもいなかった。

「ガハッ……！」

ようやく効いてきたのか。

流石《さすが》に魔族なだけあって、頑丈なやつである。


「き、貴様、一体、何をした……⁉」


別に説明が必要なほど大層なことをしているわけではない。

俺は火属性の魔術を使用して、水路の水を温めていただけである。

実に簡単な生物に関する知識だ。

カエルのような変温動物は、ゆっくりと上がっていく水温の変化に気付くことができない。

魔族に関しても、この法則が適応するかは不明であったが、敵の反応を見る限りは、効果テキメンだったみたいだな。

敵の体は長話をしている最中に、すっかりと茹《ゆ》で上がっていたようである。


「あががが！　あぎゃああ！」

他愛《たわい》ない。

断末魔の叫びを残したカエルの魔族は、ひっくり返って、ぷかぷかと白い腹を見せた。

「あの……。先輩。ひとつ、聞いても良いでしょうか？」

俺の戦いを見て、何か思うところがあったのだろうか。

戦闘が終わって暫《しばら》くすると、納得のいかなそうな面持《おもも》ちでアヤネが駆け寄ってくる。

「先輩はいつから、あの人が魔族だと気付いていたのですか？」

「いや。別に気付いていたから、攻撃をしたわけではないぞ」

百戦錬磨《ひゃくせんれんま》の経験を積んだ魔術師であれば、人間に化けた魔族の気配に気付くこともできるらしいのだが、生憎《あいにく》と俺はまだその領域には達していない。

組織での仕事は対人間が主であり、魔族と戦闘した経験はそれほどなかったのである。

「えっ。なら、どうして⁉」

「誤って殺してしまっても、その時はその時だ。蘇生《そせい》魔術を使って、生き返らせてやれば特に問題ないだろう？」

そう。

考えるのは攻撃してからでも遅くはないのだ。

相手が魔族であるのならば、攻撃を避けるときに力を見せる可能性が高い。

結局のところ現状では、四の五の言わずに攻撃してみるのが最も理に適《かな》った判別手段であったといえるだろう。

「ううーん！　そういうところもワイルドで素敵！」

心なしか、うっとりした表情でアヤネは告げる。

こうして行く手を塞ぐ魔族を蹴散《けち》らした俺たちは、カインの居場所を探るために教会の探索を始めるのだった。

～～～～～～～～～～～～～～

で だ。
神父に化けていた魔族を打ち倒した俺たちは、さっそく教会の中を調べてみることにした。

「先輩！　こっちですよ！　こっち！」

「ガウッ！　ガウッ！」


アヤネの式神《しきがみ》が強く反応を示した先は、教会奥に置かれた祭壇《さいだん》の前であった。

ふうむ。

これまた随分《ずいぶん》と古典的な仕掛けが用意されていたみたいだな。

裏に回って、周囲を観察してみると床の上に不自然な取っ手が隠されているのが分かった。

ガゴンッ！

取っ手を引っ張ってみると、地下に続く階段が現れる。

どうやら、この祭壇の裏に地下に続く通路が隠されていたようだ。

「ふふふ。この階段『いかにも』という感じですねえ」

アヤネと二人で地下に続く階段を降りる。

壁に埃《ほこり》が溜まっていないことから察するに、普段から割と頻繁《ひんぱん》に人が出入りしているようだ。

「うげっ。なんですか。この臭《にお》い……」

遅れてアヤネも血の臭いに気付いたようだ。

薄暗い階段を一歩ずつ降りると、血の臭いが一段と濃くなっていくのが分かった。

さて。

階段を降りた先で俺たちを待ち受けていたのは、ある意味では想定通りの光景であった。

「うわあ……。なんというか、これはちょっと引きますね」

さながら、それは死体の博覧会、といったところだろうか。

おそらく人間と魔獣の混血種《キメラ》を産み出すための実験場として利用していたのだろう。

等間隔に改造された死体が立ち並んでいるその場所は、どことなく浮世離れした雰囲気《ふんいき》を醸《かも》し出していた。

俺は近くの死体に手を伸ばした。


「先輩！　そんなものに触れたらバッチィですよ！」


実に見事な魔術だ。

これだけの数の死体があるのに、まるで腐敗する様子がないこともさることながら、人間と魔獣の肉体が細胞レベルで結合していることには驚きを禁じ得ない。

まるで最初から、こういう生物がいたかのような優れた造形である。

背後より『殺気』を感じたのは、俺がそんなことを考えていた矢先のことであった。

飾られていた死体の一部が動き始めて、俺に向かって触手を伸ばし始める。


「先輩！」

アヤネは心配そうに叫んでいたが、何も問題はない。

既に死体たちの行動パターンは学習済みである。

どんな魔術を施《ほどこ》して、どんなプログラムにより動作しているのかは、昨夜の解析によって明らかになっているからな。

俺は手にした剣を使って、動き始めた死体たちを斬《き》り伏せていった。


「終わりだ！」


ほう。

ここにきて、ようやく真打ちの登場というわけか。

死体の腹を突き破って中から、小柄な少年が現れる。

少年の手には、鋭く研《と》がれた骨の刃が握られていた。

なるほど。

動く死体の体内に紛《まぎ》れて、自らの気配を断っていたのか。

不意打ちを仕掛けるにはまたとない手段である。

俺たちの前任として派遣された、組織の人間がここから戻れなかったのにも頷《うなず》ける。

いかに《宵闇の骸《カオスレイド》》のメンバーであっても、このレベルの奇襲攻撃を受ければ呆気《あつけ》なく命を散らすことになるだろう。

無論、そこには俺以外の場合という注釈が付くわけだけどな。

「────ッ⁉」

俺は、素早く相手の背後を取ると、襲い掛かってきた少年の首根っこを摑《つか》んでやることにした。

捕まえた。

やはり今回の事件の主犯は、昼間の少年で間違いがないみたいである。

ふうむ。

こうして摑んでみると随分と軽いな。

おそらく十分な食事を摂《と》れていないのだろう。

アヤネを抱えた時と比べると、体重が半分くらいに感じるぞ。

「クソッ！」

俺に体を掴まれたカインは、半身を捻《ひね》って、反撃を開始する。

どうやら少年は灰眼属性の魔術師らしく、身体強化魔術を得意としているようだ。

だが、こうして接近戦に持ち込んでさえしまえば、俺にとっては子犬を相手にしているのも同然である。

俺は軽く攻撃を回避すると、足を払って、地面に転がしてやることにした。


「ウグッ……！」


そのまま剣を突き付けてやると、カインの表情に悔《くや》しさが滲《にじ》んだ。

一連のやり取りで、力の差を悟ったのだろう。

力一杯に暴れていたカインは、たちどころに無抵抗になっていく。


「……どうした。早くボクを殺せよ。お前たちは、その為にこの街に来たんだろ」

覚悟を決めた表情でカインは言った。

はて。

果たして俺は、この少年のことを殺す必要があるのだろうか。

今回の仕事内容の詳細説明を受けているのはアヤネだけなので、その辺りのことは把握《はあく》していないのだ。

「アヤネ。俺たちの仕事はこの男を殺すことか？」

「いいえ。あくまで調査だけです」

まあ、そうだよな。

今回の仕事で俺たちに与えられた役割は、アローザの街を脅《おびや》かす『動く死体』の原因を特定することにある。

目の前の少年を殺すべきかどうかは、現場の判断に委《ゆだ》ねられているといったところだろう。

「だ、そうだ。俺たちの仕事は、お前を殺すことではない」

敵意がないことを示して、カインの体を離してやる。

「ところで、話は変わるが、この死体、一体どうやって腐敗を防いでいるんだ？　何か仕掛けがあるのだろう？」

既存の魔術では、腐敗の速度を遅らせることはできても進行そのものを止めることはできない。

これだけの数の死体を腐らせずに保管させることは、俺の持っている知識では実現不可能である。

「……七《なな》つ目草《めそう》」

どこか観念をしたかのような様子で、ボソリとカインは呟いた。

「この街の外れに七つ目草という植物があるんだ。七つ目草を煎《せん》じた薬を皮膚《ひふ》の内側から塗り込んでいくと、防腐の効果を高めることができるんだよ」

なるほど。

魔術に加えて、薬学の技術を駆使しているのか。

道理で、俺の知っている魔術知識では対応できないはずである。

「人間と魔獣の体の結合にはクリンチ法を使用しているのか？」

「いや。クリンチだと、結合部の結束が落ちるし、仕上がりが美しくならないんだ。だからボクは、細胞を直接移植するオリジナルの技法を使っているんだ」

「だが、その方法だと拒絶反応が生じて——」

「うん。そこには少しコツがあって——」

何故だろう。

初めて会ったにもかかわらず、この男とは初対面という気がしない。

他人と魔術の話で弾むのは、俺にとっては随分《ずいぶん》と久しい感覚であった。

「なるほど。よく考えられている。見事なものだな」

俺の思い過ごしだろうか。

素直に称賛の言葉を口にすると、俺に向けるカインの目の雰囲気《ふんいき》が変わったような気がした。

「こちらこそ、感激しました！　ボクの研究にこれだけ理解を示してくれたのは、貴方《あなた》が初めてです！」

少し意外だったのは、自分の魔術について語るときのカインは、年相応の子供のように感情を豊かに表していたことである。

この地下で、独り魔術の研究を進めていたカインは、何より会話の相手に飢えていたのだろう。

「お前の使う魔術に興味がある。研究室に案内しろ」

「は、はい！　分かりました！　あ。でも、その前に……」

どこか遠慮《えんりょ》がちに視線を逸《そ》らしながらカインは言った。

「名前、教えてもらえないでしょうか」

「アベルだ」

「アベル。アベルさん……」

名前の響きを確認するかのように繰り返したカインはニコリと笑う。

「ついてきて下さい。アベルさんには、是非《ぜひ》ともボクの研究の成果を見て欲しいです！」

良かった。

この様子だと、快《こころよ》く案内役を引き受けてくれたようだな。

どうやら動く死体の原因の調査を行う、という今回の依頼は、無事に達成することができそうである。

「私、知りませんでしたよ。先輩って、実は相当な『人たらし』なんですね」

「はあ。お前は一体何を言っているんだ」

「いいですよー！　先輩は、そうやって無自覚に色々な女の子を泣かせてきたのでしょ！　どうせ！」

「…………」

アヤネの意味深な指摘は気になるところではあるが、とにかく今は仕事を進めていくことが肝心《かんじん》である。

こうして俺はカインに導かれるままに、教会地下の奥に向かって歩みを進めていくのであった。


～～～～～～～～～～～


カインに連れられて向かった先にあったのは、これまでよりも更に室温が下がった薄暗い部屋であった。

「着きました。この先にあるのが、ボクたち親子の研究施設です」

魔術で辺りを照らしてみると、半透明の巨大なフラスコの中に様々な魔物の死体が保管されているのが分かった。

「この生物は？」

「えへへ。驚きましたよね。父さんが隣町の冒険者ギルドの役員さんと知り合いで、ボクのために色々と仕入れてきてくれるんです」

なかなかに世間知らずなことを言ってくれる。

一体どんなコネクションがあれば一般人が、魔獣の肉体を集められるというのだろう。

もしかするとカインは、魔術に関する知識を抜けば、年相応の子供と変わらないのかもしれない。

「新しい父さんは、前の父さんと違って、暴力も振るわないし、とっても優しくしてくれるんです」

新しい父親、ということは、以前の父親とは離別しているということか。

そういえば依頼人はカインのことを『薬屋の倅《せがれ》』と呼んでいたな。

この辺りには、何か込み入った事情があるのだろう。


「先輩。この子の新しい父親って……！」

「魔族だろうな。入口にいた」

「ですよね……」


人間が魔術の才能を見込まれて、魔族に育てられる。

今までに聞いたことのない珍しいケースだ。

この様子だとカインは、自分の父親が殺されていることに気付いていないようである。

いつかは打ち明ける必要がありそうだが、話がややこしくなりそうなので、ひとまず今は保留にしておいた方が良さそうだ。


「母親はどうしているんだ？」

「母さんたちはアッチの部屋にいます。悪い病気に冒されて、寝たきりの状態が続いているのですけど……」

続いてカインに案内されたのは、寝たきりの母親がいるらしい（？）小部屋であった。

気になるな。

魔族の父親と同居している母親は一体どんな人物なのか。

なかなかに興味深い謎であった。


「母さん。お客さんを連れてきたよ」


ドアノブを捻《ひね》って、部屋の中に足を踏み入れる。

そこにあったのは、なかなかにショッキングな光景であった。

ベッドの上に転がる母親は、明らかに生気がなく、それなりに死後の時間が経過しているようだ。

眼球の上に大きな蠅《はえ》が止まるが、その眼は一向に閉じられる気配はない。


「そんな……こんなことって……」

隣にいるアヤネが唖然《あぜん》として立ち尽くしている。

母親の傍には、二人の使用人、それから幼い妹と思《おぼ》しき人間の姿を確認できたが、そのいずれもが既に死亡している状態であった。

「ダメじゃないか。マリー。好き嫌いはしないって、お兄ちゃんと約束しただろう？」

無邪気な笑顔を浮かべたカインは、妹に作り置きしていた料理を食べさせていく。

ソテーされた根菜が少女の口から、ボトボトと力なく零《こぼ》れ落ちていく。

「うわー。なんだか見てはいけないものを見てしまった気分です……」

おそらくカインは、家族の死を受け入れられていないのだろう。

カインの魔術を使えば、死体の鮮度を保つことだけは容易にできるのだ。

この薄暗い地下の部屋でカインは、家族と共に慎《つつ》ましい生活を送っていたのだろう。

（カイン！　これは一体どういうことなの！）

突如としてカインの肩がビクリと震える。

（……まさか、貴方、お父さんとの約束を忘れたわけではないでしょうね！）

ベッドの中の母親と視線を合わせるなり、カインの表情が曇ったものになっていく。

「母さん！　さっきも説明したじゃないか！　アベルさんたちは、ボクのお客さんだって！」

（黙りなさい！　貴方は、ただ、私の言うことを聞いていれば良いのです！）

カインの様子が明らかにおかしい。

母親の死体を前にしたカインは、耳を塞《ふさ》ぎながら蹲《うずくま》っていた。

今までの出来事から分析するに思い当たる節が一つだけあった。

「先輩……。これって……？」

「おそらく聞こえているのだろうな。俺たちには聞こえない死人《しびと》の声が」

実に興味深い症状である。

類似《るいじ》の事例として、幼少期に子供が思い入れのある人形の『声』を聞くようになるということはあるらしい。

だが、死人の声が聞こえるのは、この広い世界でもカインくらいのものだろう。

(お兄ちゃんってば、いけないんだー！)

(坊っちゃま。部外者を家に招き入れるとは感心しませんな)

俺たちを招き入れたことに対して叱咤されているのだろうか。

やがて力なく床の上に転がったカインは、何かに取りつかれたかのように顔色を蒼白にしていく。

「あの、カインくん。大丈夫ですか？」

その男の気配を感じたのは、心配したアヤネがカインの傍に駆け寄ろうとした直後のことであった。

コツコツと足跡を響かせて、何者かが俺たちの傍に近づいてくる。

ふうむ。

今度の敵は、足跡から殺意が滲《にじ》み出ているようだな。

どうやら最初から正体を隠して近づいてくる気などサラサラないようである。

「おやおや。ワタシの息子に随分《ずいぶん》と酷《ひど》い仕打ちをしてくれるじゃないか」

次に視界に入った光景は、俺にとっても少し想定外のものであった。

何故ならば……。

そこに現れたのは、先ほど殺したはずの神父の姿だったからである。

「と、父さん……!?」

男の姿を見るなり、カインの表情は益々青ざめたものになっていく。

「父さん！　これは違うんだ。アベルさんたちは悪い人たちでは……」

「カイン。少し黙りなさい」

「ウグッ……」

父親に殴《なぐ》られたカインの体が勢い良く壁にぶつかった。

随分と惨《むご》いことをするのだな。

男が向ける冷たい眼差《まなざ》しは、間違っても子に向けるようなものではなかった。

「キミたちですね。我が同胞《どうほう》を亡き者にしてくれたのは」

「ど、同胞⁉　一体なんのことですか！」

「惚《とぼ》けても無駄ですよ。兄の亡骸《なきがら》は、既に回収済みですから」

ここまでの会話で合点《がてん》がいった。

なるほど。

どうやらカインの父親を務めていた魔族は二人いたらしい。

この男は入口で倒した魔族の双子の片割れか、兄弟だったのだろう。

「カイン。今すぐに鍵《かぎ》を出しなさい。アレを使う時が来たようですよ」

「ダメだよ。だってアレは未完成で……」

「グズがっ！　お前は黙って、ワタシの言葉に従っていればいいんだよ！」

「ウグッ……」

横たわるカインの腹を蹴飛《けと》ばした魔族の男は、カインの服のポケットから銀色の鍵を取り出した。

「ククク。感謝しなくてはなりません。貴方《あなた》たちが目障《めざわ》りな愚兄《ぐけい》を消してくれたことで、ワタシの計画は、大幅に前倒しにすることができたのですから」

意味深な言葉を告げた魔族の男は、部屋の奥にあった扉に手をかける。

部屋の中から出てきたのは、巨大な肉塊《にっかい》であった。

「ギャー！　なんですか！　あの生物は！　キモい！　キモすぎます！」

珍しく、アヤネの言葉に同意しよう。

おそらく魔獣たちの死体を繋《つな》ぎ合わせて作ったのだろう。

部屋の中を埋め尽くすかのようにして置かれた肉塊は、まるで生きているかのように禍々《まがまが》しく胎動《たいどう》していた。

「さて。これから貴方たちには、ワタシの研究の実験台になってもらいますよ」

男が高らかに叫んだ次の瞬間。

魔族の男は本来のカエルの姿に形を変えて、部屋に置かれた肉塊と自身の体が肉体融合していく。

凄《すさ》まじい圧だ。

単純な魔力量で考えるのならば、今までに俺が戦ってきたどんな敵たちよりも高いだろう。

「ああ。いいぞ……！　力が！　力が溢《あふ》れてくる……！」

肉塊との融合を果たした魔族の男は、恍惚《こうこつ》とした表情を浮かべていた。

「ひぃっ！」


アヤネが腰を抜かすのも無理はない。

その全長は優に十メートルを超えているだろう。

数多《あまた》の屍《しかばね》を取り込んだ魔族の男は、大きな蛇のような形になって、俺たちの前に立ちはだかっていた。


「父さん、その姿は……!?」

「カイン。騙《だま》していて、すまなかったね。お前の作ってくれたこの体、ワタシが有り難く利用させてもらうぞ！」


ふうむ。

どうして男がカインを匿《かくま》い、育てていたのか。

その理由がようやく分かったような気がする。

おそらく、この魔族の兄弟は、カインの魔術を利用して己の肉体を強化しようと企《くわだ》てていたのだろう。

墓地で襲い掛かってきた、目の前の兵器のプロトタイプだったというわけか。

「ハハハ！　最高だ！　凄《すご》すぎる！　この力があれば、ワタシが次代の魔王になることすら可能だ！」

大きく体をくねらせた魔族の男が俺たちに向かって襲い掛かる。

敵ながら大したパワーだ。

これほどの巨軀《きょく》を誇りながらも、素早いスピードで動けるのは称賛に価する。

単純な戦闘能力を考えれば、魔族の中でも最上位クラスのレベルがありそうだ。

「クハハハ！　ちょこまかと！　これならどうです！」

数多の魔獣たちを重ね合わせて作った肉体は、おそらく状況に応じて、自在に変化できるのだろう。

高らかに咆《ほ》えた魔族の肉体からは、昆虫のような六本の手脚が生えていく。

「死ねえええええええええ！」

伸縮自在の六本の手脚を駆使した今度の攻撃は、簡単に避けることができそうにないものであった。

俺は半ば反射的に手にした剣で敵の攻撃を受ける。

「クハハハ！　無駄ですよ！」

むっ。刃が通らないか。

付与魔術で切れ味を強化したはずの刃を以《もっ》てしても、まるでダメージを与えられる気がしない。

敵の腕に振り払われた俺の体は、意図せず宙に浮くことになった。

「可哀想《かわいそう》に。人間の体とは、かくも脆《もろ》いものなのですね」

久しぶりだな。
無銘《むめい》の切れ味を以てしても、まるでダメージが通らないほどの敵に遭遇《そうぐう》したのは。
喉《のど》の奥から血が溢れ、鉄の味が口一杯に広がっていくのが分かった。

「アベルさん！」

勢い良く壁に叩きつけられた俺の身を案じてくれたのだろう。
灰眼属性の魔術を使って折れた骨の接骨をしていると、表情を蒼白にしたカインが傍に駆け寄ってきた。

「無理です！　勝てっこない！　あの体には魔獣百匹分のエネルギーをつぎ込んだんです！　今すぐ、ここから逃げてください！」

魔獣百匹分のエネルギーか。
なるほど。
道理で、生半可《なまはんか》な攻撃ではダメージが通らないはずである。

先ほどの攻撃によって裂けた外殻《がいかく》の傷が既に閉じかけているな。
おそらく敵の体には、即効性の再生機能が備わっているのだろう。

「分かってないやつだな」

敵に再生能力がある以上、中途半端な攻撃は無意味である。
狙うべきは頭部。
そこに致命的なダメージを与える以外にコイツを倒す有効な手段は存在しないだろう。

「その、不可能を可能にするのが俺たち魔術師の仕事だろう」

魔術で脚力を強化して、敵の頭部に向かって跳躍する。
途中で六本の手脚が俺の行く手を塞《ふさ》いでくるが、この程度の攻撃であれば問題あるまい。
既に敵の動きのパターンは学習済みである。

「ふふふ。飛んで火に入る夏のムシィィィッ！」

この男、俺の動きに応じて肉体を変化させたのか。

俺の斬撃《ざんげき》が敵の頭部に到達しようとする直前。

新しく生えてきた二本の腕が俺の攻撃を弾き返す。


「フハハハハ！　遅い！　遅すぎます！」


実に面倒な相手である。

俺の行動パターンを学習しているのは、相手も同じというわけか。

状況に応じて進化する肉体を持った敵の動きを掻《か》い潜《くぐ》り、後頭部にダメージを与えるのは相当に骨が折れそうであった。


「先輩！　助太刀《すけだち》します！」


俺が頭を悩ませていたその直後。

どこからともなく現れたアヤネが得意気な声を上げる。

「式神《しきがみ》魔術、鶴の形！」

続いてアヤネのコートから飛び出してきたのは、紙を折って作られた小さな鶴であった。

この女、戦闘が始まるなり姿をくらませていたのは、式神を用意するためだったのか。

無数に召喚された鶴の式神は、敵魔族に向かって飛んでいく。

ドガッ！

ドガガガアアアアアアアアアアアアアアアアアアアアアアアアアアアアアアアアアアアアア
アアアアアアアアアアアアアアアアアアアアアアアアアアアアアアン！

ふむ。どうやら鶴の式神には、起爆魔術が施《ほどこ》されていたようだな。

召喚された大量の式神は、連鎖的な大爆発を引き起こすことになる。

「わははは！　先輩、やりました！　これが希代の天才魔術師、アヤネちゃんの力ですよー！
褒めて下さい！　ドヤハハハハハ！」

やれやれ。

相変わらずに詰めの甘い女である。

この程度の攻撃で倒せるような相手であれば、最初から俺も苦労していない。

地下の空間で爆発の魔術を使用したのも大きな減点ポイントである。

咄嗟《とっさ》に俺が防御魔術でフォローしたから良かったものの、さもなければ今頃、大惨事《だいさんじ》になっていただろう。

「よくもワタシの体に傷をつけてくれましたね。小娘が……！」

「ひぎっ！」

白煙が消えて、視界が開けたものになってくると、再生能力によって全快した敵がアヤネの前に立ちはだかる。

「死に晒《さら》せえええ！」

「あわわわわ……！　ちょっ！　タイム！　ストップです！」

やれやれ。

結果的には、アヤネの行動に助けられることになったみたいだな。

アヤネが注意を引き付けたことによって生じた僅《わず》かな隙《すき》を見計らい、俺は敵の背後から後頭部に近づくことに成功する。

「……無駄ですよ。頭部を破壊したところで、ワタシの体は何度でも再生しますから」

無論、そんなことは疾《と》うに折り込み済みである。

今更、単純な斬撃《ざんげき》によるダメージで敵の動きを止められるとは思ってはいない。

だから俺は突き刺した《無銘》を媒体《ばいたい》にして、敵の体に魔術を送り込んでやることにした。

「絶対零度《アブソリュートブリザード》」

続いて俺が使用したのは、碧眼《へきがん》属性の魔術の中でも最高クラスの威力を誇る《絶対零度《アブソリュートブリザード》》であった。

「魔術を使ったところで同じこと！　ワタシの完璧《かんぺき》な肉体の前では、全ての攻撃が無意味なのです！」

果たして、それはどうだろうな。
生憎《あいにく》と俺の狙いは、敵の体を破壊することではない。
敵の肉体を細胞ごと壊死《ネクローシス》させることにあったのだ。

「アギャッ……。い、一体何を……」

ふむ。ようやく効いてきたようだな。
生半可《なまはんか》な攻撃を通さない強靭《きょうじん》な外殻は、冷気を閉じ込めておくには絶好の構造となっていたようだ。

「ぐがっ！　体が、動かない……！」

ある一定の体温を下回ると細胞が死滅していくのは、あらゆる生物が保有する不変の共通点である。

得意の再生能力も細胞ごと破壊されてしまえば無意味だろう。

「こんな……。こんな……ところでえええええええええええええええええええええええええええええええええ！」

氷点下百度を下回る冷気を送り込まれた敵の体は、ピキピキと音を立ててひび割れていくことになる。

兄は湯上がり、弟は氷漬け。

下衆《げす》な魔族には、相応《ふさわ》しい末路だな。

「ふえええええええん！　アベル先輩！　怖かったですよおおお！」

無事に決着が付いたその直後。

恐怖の涙で顔をクシャクシャにしたアヤネが俺の傍に駆け寄ってくる。

「離れろ。気色悪いから」

「酷《ひど》い！　それが乙女《おとめ》に対する対応ですか⁉」


さて。

ここで問題になってくるのはカインに対する対応である。

その正体が魔族であったとはいえ、父親を失ったショックは相当なものだろう。

「あの、アベルさん……。ボクは……」

気持ちを何か口にしようとするカインであったが、寸前のところで決心をつけられないでいるようであった。

（この親不孝！　育ててやった恩も忘れて！　アタシたちを見捨てようっていうのかい⁉）

（お兄ちゃん、嫌だよ！　私たちを置いてかないで……）

おそらく、部屋の中にいる家族の声が決断を鈍らせているのだろう。

だから俺はカインの言葉を待たずして、前々から思っていたことを伝えてみることにした。

「お前、俺たちと一緒に来るか？」

「…………!?」

俺の言葉を受けた次の瞬間。

カインは喜びと戸惑いが入り混じったような表情を浮かべる。

「い、いいんですか……？　ボクなんかで……？」

カインの才能は、広い世界に出てこそもっと輝けるというものだろう。

組織に勧誘することが最善の道である気はしないが、少なくともそれは、この地下で才能を腐らせておくよりも、有意義な選択肢であるようには思えた。

「無論だ。お前は十分にその資格を満たしている」

組織に入隊するための条件は大きく分けて二つある。

それ即《すなわ》ち、組織に所属する人間を上回る実力を示すか、一級隊員以上のメンバーから推薦《すいせん》を受けるかである。

現時点でカインは、そのどちらの条件も満たしているといえるだろう。

魔族の兄弟の実力では、組織の人間が後れを取ることはなさそうだしな。

俺たちの前任が返り討ちにされたのは、カインの力があったからなのだろう。


「……よろしくお願いします。アベルさん」

少年らしい、あどけない笑みを浮かべたカインは、照れ隠しからか直ぐに視線を逸《そ》らしてしまう。


「あのう。先輩？　私とカイン君で、扱いに差がありすぎませんか？　気のせいですよね？」

「……さあ。どうだろうな」

アヤネに図星を衝《つ》かれたような気がしたので、適当に言葉を濁《にご》しておく。

やれやれ。

激しい戦いが終わった直後のことなのに、まるで緊張感のない連中である。

だがしかし。

今まさに、この瞬間こそが、後に世界を混沌《こんとん》に陥《おとし》いれる怪物を目覚めさせる契機になっているとは――。

この時の俺にとっては、知る由《よし》もないことであった。


〜〜〜〜〜〜〜〜〜〜〜〜


パチパチと火の粉《こ》がはぜて、肉の焼ける臭《にお》いが辺りに立ち込めている。

それからのことを話そうと思う。

戦いの後、カインを地上に連れ出した俺は、地下に貯蔵していた死体たちを集めて、大規模な火葬を行うことにした。

もちろん、カインの家族も一緒だ。

炎に包まれて、灰になっていく家族の亡骸《なきがら》をカインは、ただただ呆然《ぼうぜん》と見つめていた。

「いやー。一時はどうなるかと思いましたが、落ち着くところに落ち着いた感じですね」

この事件が終わって暫《しばら》くの後――。

俺はアヤネと二人でカインの元の家族について調べ回っていた。

どうやら、この街は、二年ほど前に魔族の襲撃を受けていたらしい。

魔族領を追い出された下級の魔族が人里を襲うのは、この時代では、別に珍しい話ではなかった。

なんでも、この街で採掘される魔石は、魔族にとって格好の食糧になるのだとか。

結局、魔族との戦闘は、それほど長期化することなく収束したのだが、その際にカインは家族を失うことになる。

魔族の兄弟がカインの才能に眼を付けたのも、おそらく、同じタイミングだろうな。

人間に化けた魔族の兄弟は、家族に飢えていたカインの精神状態を読み取って、回りくどいやり方で支配していたのだろう。

優秀な才を持った灰眼の魔術師は、いつの世も引く手あまたの存在なのである。

「……ねえ。アベルさん」

不意にカインに声をかけられる。

その視線は依然として、炎に向けられたままピクリとも動かなかった。

「アベルさんについていけば、ボクは幸せになれるのかな?」

やれやれ。

ここで優しく肯定できるような性格であれば、俺の人生はもっと楽なものになっていたのだろうけどな。

生憎《あいにく》と俺はそういった綺麗事《きれいごと》を言えるような人間ではないのである。

「甘えるな。お前の未来は、お前自身の手で切り開け」

俺の言葉がお気に召したのだろうか。

小さく頷《うなず》いたカインは、ここではない何処《どこ》か遠くに視線を移す。

「うん。そうだよね」

凛《りん》とした声で返したカインは、おもむろに視線を上に向ける。

「もう、母さんたちの声は聞こえないや」

灰色の煙は線を描き、抜けるような青空へと繋《つな》がっていた。

あとがき

【この本の取り扱い説明書】

この本は、『劣等眼の転生魔術師』シリーズの主人公アベルの、転生前のエピソードを収録したものになっています。

第一章は3巻の『おまけ短編　とある魔術師の追憶』として収録したものと、だいたい同一のものとなっておりますので、『内容を覚えているよ！』という方はスキップして、第二章から読み始めても問題ありません。

また、この本は設計上、読まなくても本編を追うのに大きな支障のない作りになっています。

もしも『過去編なんて読みたくないよ』という方がおりましたら、この本を読み飛ばして、いきなり次の5巻に進んでも大丈夫です。

【ここから、あとがき本編】

柑橘《かんきつ》ゆすらです。

『劣等眼の転生魔術師』４・５巻、いかがでしたでしょうか。

事前に予告していた通り、無事に過去編をまとめた本を出版することができました。

見ての通り、今回は、表紙に女の子がいないパッケージになっています。

実は作者史上初の試みです。

ほら。ライトノベルは、表紙に可愛《かわい》い女の子がドーン、といて、ナンボみたいなところがあるじゃないですか？（暴論）

男のみで勝負するのは、結構ドキドキします。

ミユキルリア先生がイラスト担当じゃなかったら絶対に、日和《ひよ》って女の子を出していたに違いないです。

男キャラとしては、テッドを先に出すべきじゃないのかよ！

と思われた方もいるかもしれないですが、アイリは、脇役として動いてこそ輝くキャラだと思っているので、今のところ小説の表紙に起用する予定はありません（笑）。

メインキャラとして表紙に出すのは、何かが違う。

作者の歪んだ拘《こだわ》りによって、テッドは不憫《ふびん》なポジションを強《し》いられている感じです。

閑話休題《かんわきゅうだい》。

さて。

満《まん》を持《じ》して始まった過去編ですが、この物語のゴールはどこにあるかと言いますと、魔王を倒して、リリスを救って、風の勇者ロイにパーティーを追放されたところ（1巻冒頭のシーン）まで進んだら終わりかなと思います。

ただ、尺の問題もあって、そこまで密に過去編のエピソードを書いていくことは難しいかもしれないな、と考えています。

実際のところ、過去編の続編が小説として出版されるかどうかは、今後の反響次第といった感じです。

もし過去編を単独で出版できない方向になった場合は、投げっぱなしにならないよう、本編を使って、適宜《てきぎ》フォローを入れていきたいです。

その辺りは、今後の状況を見ながら、臨機応変に対応していければと考えています。

【ファンレターの返事】

茨城県のNさんより、何通目かになるファンレターを頂きました。ありがとうございます。頂いた感想から察するに女性の方なのでしょうか。

今の今まで、あまり意識してこなかったのですが、どうやら『劣等眼』シリーズに関しましては、女性読者の方も、それなりにいるらしいです。

おそらく全体の二割くらいでしょうか。

データの上で存在することは知っているのですが、現実では会ったことないですね。女性読者。作者の中では都市伝説的な存在となっております……。

【宣伝】

なんと！　本編のコミカライズとは別に、外伝である過去編のコミカライズも単独で行えることになりました。

これにより本編と合わせて、転生前・転生後の話の二種類のコミカライズが動くことになります。

業界的にも非常に珍しい試みではないでしょうか。

作画を務めてくださるのは、稍日向《ややひなた》先生です。

過去編の企画を通した時から、「稍日向先生と一緒にコミカライズもやりたいです」と担当編集にお願いを続けていたら、実現して頂けることになりました。

稍先生と仕事をするのは、これで3シリーズ目になっております。

どうして3シリーズも仕事をしているのかというと、私がチャンスを見つけては、執拗《しつよう》に指名を続けているからです（笑）。

百聞《ひゃくぶん》は一見《いっけん》に如《し》かず。

実際に作品を見て頂ければ分かると思うのですが、ライトノベルのコミカライズとしては、業界最高クラスの作画パワーを持った人だと思っています。

稍さんと一緒に仕事ができるのが、今から純粋に楽しみで仕方がないです。


それでは。

次巻で再び皆様と出会えることを祈りつつ――。

柑橘ゆすら

ダッシュエックス文庫

劣等眼の転生魔術師4.5
～虐げられた元勇者は未来の世界を余裕で生き抜く～

柑橘ゆすら

2020年1月29日　第1刷発行

★定価はカバーに表示してあります

発行者　北畠輝幸
発行所　株式会社　集英社
〒101−8050　東京都千代田区一ツ橋2−5−10
03(3230)6229(編集)
03(3230)6393(販売／書店専用) 03(3230)6080(読者係)
印刷所　株式会社美松堂／中央精版印刷株式会社

ISBN978-4-08-631353-7 C0193

コミカライズ版 劣等眼の

[漫画 峠比呂　原作 柑橘ゆすら　コンテ 猫箱ようたろ

Fランク冒険者に転生する
剣聖と魔帝、2つの前世を持った男の英雄譚
第1巻大好評発売中!!
史上最強の魔法剣士、Fランク冒険者に転生する
剣聖と魔帝、2つの前世を持った男の英雄譚
柑橘ゆすら
青乃下
ダッシュエックス文庫
原作小説
小説でも漫画でも最強の男が異世界無双!!
著＝柑橘ゆすら
イラスト＝青乃下
集英社ダッシュエックス文庫

原作小説
史上最強の魔法剣士、
シリーズ累計 早くも5万部突破!
原作小説&コミックスともに
コミカライズ
史上最強の魔法剣士、Fランク冒険者に転生する
剣聖と魔帝、2つの前世を持った男の英雄譚
漫画 亀山大河
原作 柑橘ゆすら
デザイン協力◆青乃下
1
コミックス発売即重版!!
原作=柑橘ゆすら
漫画=亀山大河
デザイン協力=青乃下
ヤングジャンプコミックス
水曜日はまったりダッシュエックスコミックで大好評連載中!